Zu diesem Buch

Nina Berberova, geboren am 8. August 1901 in St. Petersburg, emigrierte in den Jahren nach der Revolution 1922 mit dem russischen Dichter Chodassewitsch über Berlin, Prag, Venedig und Rom nach Frankreich, wo sie fünfundzwanzig Jahre lebte und für verschiedene Exilzeitungen arbeitete. 1950 ging sie in die Vereinigten Staaten, wo sie zunächst in Yale und dann in Princeton Professorin für russische Literatur des 20. Jahrhunderts wurde. Sie hat Blok, Gorki, Pasternak, Nabokov und viele andere Schriftsteller ihrer Heimat persönlich kennengelernt. Neben zahlreichen Romanen veröffentlichte sie u. a. eine Tschaikowsky-Biographie, Gedichte und Erzählungen. »Zu entdecken bleibt dem Leser in dieser Exilschriftstellerin nicht nur eine hellwache und allgegenwärtige Zeugin unseres schnell zur Neige gehenden Jahrhunderts, sondern auch eine große belletristische Begabung, die sich weit über russische Traditionen hinaus im Zentrum der europäischen Moderne entfaltet hat.« (Ingeborg Harms in der »Frankfurter Rundschau«)

Im Rowohlt Taschenbuch Verlag erschienen bereits Nina Berberovas Roman »Die Begleiterin« (Nr. 12981) und »Der Lakai und die Hure« (Nr. 13010) sowie ihre Autobiographie »Ich komme aus St. Petersburg« (Nr. 13059).

Nina Berberova

Astaschew in Paris

Roman

Deutsch
von Anna Kamp

Rowohlt

Veröffentlicht im Rowohlt Taschenbuch Verlag GmbH,
Reinbek bei Hamburg, Mai 1993

Die russische Originalausgabe erschien unter dem Titel
Облегчение участи
Umschlaggestaltung Evelyn Bauer
Gesamtherstellung Clausen & Bosse, Leck
Printed in Germany
790-ISBN 3 499 13031 9

1

Maman – *Mamenka, Mamascha* – wohnte im siebten Stockwerk eines großen alten Hauses. Alle Zimmer dieser Etage waren einzeln vermietet; hinter jeder Tür waren Menschen, die schliefen, sich ihre Mahlzeiten zubereiteten, aßen und am Abend ihren Mülleimer auf den Treppenabsatz stellten. Der alte hydraulische Fahrstuhl blieb alle zwei Tage stecken, in dem fensterlosen Treppenhaus ging das Licht oft nicht, die gußeiserne Haustür unten war schwer zu bewegen: aus all diesen Gründen ging Maman fast nie aus. Eine Nachbarin kaufte für sie ein, und Besuche machte Maman ausschließlich in ihrer Etage und in der darunter (das ganze Haus war von Russen bewohnt). Die Straße betrat sie nur, wenn sie an besonderen Feiertagen zur Kirche ging; danach stieg sie langsam, auf ihren Regenschirm gestützt, die Treppe wieder hinauf, ganz außer Atem und den Tränen nahe. Und wenn Bekannte, die sie beim Kerzenständer traf, sie fragten: »Warum, Klawdia Iwanowna, kommen Sie nicht einmal auf eine Tasse Tee zu uns?«, mußte sie immer nur an den Fahrstuhl denken, an die dunklen Windungen des Treppenhauses und die steilen, ausgetretenen Stufen. Jetzt hast du endlich ein Dach über dem Kopf und darfst dich nicht mehr rühren, dachte sie. Denn es könnte geschehen, daß du ausgehst und nicht mehr zurückkehrst, zwischen zwei Etagen steckenbleibst oder dich auf einem Bürgersteig wiederfindest, ohne Luft zu bekommen. Aljoscha dagegen fand, es gebe nichts Besseres als Mamans Wohnung: je höher man wohne, desto besser die Luft. Wenn er sie besuchte, riß er das Fenster auf, das auf ein rundes Gebäude ohne Öffnungen, einem Globus ähnlich, hinausging: Es war das Gaswerk. Und dahinter sah man das endlose dunstige städtische Grau von Häusern, Dächern, Fenstern und einen Turm, der verschwand und wieder erschien, bald mit einer Fahne, bald mit einer stumpfen Spitze, bald mit einer Engelsstatue. »Welch ein Glück für Sie, Maman«, sagte Aljoscha dann, »daß Sie ohne Sorgen an einem so friedlichen Ort leben können«, und er setzte sich an den Tisch, trank Tee, aß Torte, ein Brötchen mit Marmelade, las Zeitungen, die er sich immer mitbrachte. Hin und wieder fiel sein Blick zerstreut auf Mamans zitternden Kopf, ihr schütteres Haar, ihre schmalen Hände mit den knochigen Fingern. »Ich verhelfe Ihnen zu einem guten Leben, und auch ich lebe gut«, sagte er. »Es ist wahr, wir haben beide viel durchgemacht, doch das ist jetzt vorbei! Sie haben elektrisches Licht, eine geheizte Toilette, Sonne und einen Rolladen für den Fall, daß die Sonne Sie stört. Sie haben Zentralheizung, und Ihre Papiere sind in bester Ordnung. All das, Maman, nennt man Komfort, ja, ja! Und wir beide haben ihn, denn Gott sei Dank gibt es mich!«

Sie saß am Tisch, lächelte und nickte bei seinen Worten, während sie, ohne hinzuschauen, einen dicken weißen Pullover für ihn strickte; vor ihr ausgebreitet lag eine Modezeitschrift mit dem Bild eines jungen Mannes, der ein schmales, gebräuntes Gesicht hatte und unter einem dicken weißen Pullover selbstgefällig die Brust wölbte. Sie warf einen kurzen Blick darauf und strickte weiter, während sie in Gedanken etwas zählte; die Arbeit war dem Bild sehr ähnlich, und das weiße Wollknäuel drehte sich auf ihren Knien.

Alexej Petrowitsch öffnete die Fenster und schloß sie wieder, prüfte, ob die Riegel funktionierten, machte das Licht an und wieder aus, hüpfte, um zu hören, ob das Parkett quietschte, zog an der Vorhangkordel, um sich zu vergewissern, daß sie auch hielt.

»Der Fahrstuhl ist gestern wieder steckengeblieben«, sagte sie traurig. »Die Handwerker sind gekommen, um ihn zu reparieren, es soll irgend etwas im Keller sein. Aber sie haben nichts gefunden und alles so gelassen, wie es ist.«

Doch der Sohn hörte kaum hin; entweder sprach er selbst, oder aber er schwieg und las. Wenn er sprach, erwähnte er nie auch nur mit einem Wort, was er im Leben machte und mit welchen Menschen er Umgang hatte. Er rief vergangene Ereignisse in Erinnerung, wie man es in Gesellschaft eines alten Bekannten tut, mit dem man in der Gegenwart nichts mehr gemein hat, mit dem man jedoch die Vergangenheit teilt. Und was für eine Vergangenheit! Lang war sie, voller Kämpfe, und beide würden sie auf immer im Gedächtnis bewahren und ehren: Maman, weil ihr Aljoscha der Held dieser Vergangenheit war, und er selbst aus genau demselben Grund.

Oder er beschrieb ihr einen Gegenstand, den er gekauft, ein Gericht, das er in einem Restaurant gegessen hatte, einen ungewöhnlichen Vorfall auf der Straße, dessen Augenzeuge er geworden war. Doch die Vergangenheit, die vierzigjährige Vergangenheit, war um so vieles lebendiger als die schäbige Gegenwart, in der nichts geschah.

»Und wissen Sie noch, Maman, wie wir in der Siwerskaja wohnten? Wissen Sie noch? Ich trug einen kleinen blauen Anzug, es war in dem Sommer, als Papa wegging und das Silber gestohlen wurde! Wissen Sie noch, was für ein kräftiger und energischer kleiner Junge ich damals war? Ich träumte davon, Igel zu züchten und in einem Zirkus aufzutreten!«

Natürlich wußte sie es noch.

»Heute habe ich im Park Kinder gesehen, die mit Modellschiffchen spielten. Die Technik, Maman, hat sogar auf diese dummen Spiele übergegriffen! Ich war richtig betrübt: Warum wollte das Schicksal, daß ich mich mit kleinen Booten aus Baumrinde zufriedengeben mußte?«

Mit seinen großen blauen Augen starrte er vor sich hin, rief sich Rußland in Erinnerung, einen See, die Weiden, seine bloßen dicken Knie und die aufgerollte Hose. Wann hatte das alles ein Ende genommen?

»Nun, Maman, es scheint fast, als hätte die Kindheit von einem Tag auf den andern geendet. Mit der Schule vielleicht? Ich habe mir den schwarzen Ranzen auf den Rücken geschnallt und bin gelaufen, gelaufen . . . Und heute habe ich das Gefühl, als wäre ich immer weiter gelaufen, immer weiter, ohne je anzuhalten . . . Fürs Mittagessen haben Sie mir dreißig Kopeken gegeben, zwölf davon habe ich ausgegeben, die anderen achtzehn legte ich zur Seite. Und später, als Sie mich nach Moskau schickten, Sie erinnern sich, habe ich eine Menge Geld am Hotel gespart.«

Sie nickte, bekreuzigte sich und wischte sich mit dem Finger eine Träne aus den müden Augen.

»Und jetzt, Aljoschenka, und jetzt!«

»Ich muß geradezu lachen, wenn ich daran denke, wie ich das Geld gespart habe! Ja, es ist viel passiert! Am schlimmsten war, daß man wieder ganz von vorn anfangen mußte. Hier schlägt man sich nicht so ohne weiteres durch wie bei uns. Hier war etwas anderes nötig. Aber ich bin als Europäer geboren, ich hätte es grotesk gefunden, in Rußland zu leben.«

»Trotzdem . . . nur hinfahren, es nur einmal wiedersehen . . .«

»Oft werde ich gefragt: Astaschew, sind Sie wirklich Russe? Man denkt, Sie wären einer von uns.«

Dann zog sie seinen dicklichen, weichen Körper an sich, seine sauberen Hände mit den rosigen Innenflächen und den zarten spitzen Fingernägeln, strich mit ihren Händen, den Händen einer alten Frau, über seine blaue Jacke, sein helles Haar, konnte sich nicht satt sehen an dem runden, jugendlichen Gesicht, das immer gut rasiert war und glatt wie das eines Kindes.

»Mein guter Sohn«, sagte sie, »du bist mein ganzer Trost.«

Er küßte sie, blickte wieder auf seine Uhr, und kaum war es acht, stand er auf.

»Wohin gehst du jetzt?« fragte sie. »Hast du am Ende etwa einen Schatz gefunden?«

Er knöpfte sorgfältig seinen gutgeschnittenen Mantel

zu und antwortete: »Maman, ich habe kein Recht, mir einen Schatz zu suchen. Es ist nicht meine Art, Kinder zu zeugen, um sie dem Elend zu überlassen. Hin und wieder, der Gesundheit zuliebe, sage ich nicht nein. Aber mit dem Heiraten werde ich noch mindestens drei Jahre warten.«

»Gott schütze dich«, flüsterte sie ihrem Sohn zu, ohne daß sie erfahren hätte, wohin er ging. In all den Jahren hatte sie nie auch nur den geringsten Verdacht geschöpft.

Eine halbe Stunde später klingelte er an der breiten, prächtigen Tür eines Hauses, dessen Treppe mit einem Läufer bedeckt war und in dessen Eingang Palmen neben den Spiegeln standen.

»Das muß Alexej sein«, sagte eine weibliche Stimme im Nebenzimmer, als das Dienstmädchen ihm aus dem Mantel half.

»Ja, Mamenka, ich bin es«, antwortete er. »Guten Abend!«

»Guten Abend, Raubtier! Wen hast du diesmal verschlungen?«

Er näherte sich, um Hände zu schütteln. Meistens waren andere Besucher zugegen, und Xenia Andrejewna sprach in einem frivolen, verächtlichen Ton mit ihnen.

»Haben Sie es gehört? Mamenka hat er mich genannt!« rief sie, und ihr rotgefärbtes Haar, ihr schlaffer Busen, die Falten an ihrem gepuderten Hals verrieten erbarmungslos ihr Alter. »Du machst mich älter, du Gauner!«

Sie war die zweite Frau von Aljoschas Vater, seine Stiefmutter, die einst einen denkwürdigen Sieg über Klawdia Iwanowna davongetragen hatte.

In dieser Umgebung blühte er auf wie eine seltene, besondere Blume; elegant ließ er sich in einem Sessel nieder, gab ständig Witze zum besten, brach oft in schallendes Gelächter aus, ließ dreiste Blicke über Xenia Andrejewna und ihre Besucher gleiten – ein oder zwei nicht eben arme Beamte, die Mamenka umgarnte. Trotz des Altersunterschieds war Aljoscha imstande, sich an ihren seltsamen Gesprächen zu beteiligen, in denen es um Mitglieder, Vorsitzende und stellvertretende Vorsitzende ging, um Wahlen zu irgendeinem Komitee, zum Rat dieses Komitees oder zum Vorsitz dieses Komitees. Jewgraf Jewgrafowitsch deutete die mögliche Kandidatur Juli Fedorowitschs für den Revisionsausschuß an. Ein Gast spielte sich besonders auf, ein anderer hielt die Stichwahl für unumgänglich, Mamenka intrigierte wild und opportunistisch zugunsten von Admiral Wjasminitinow, der größere Summen zu wohltätigen Zwecken gestiftet hatte.

Aus heiterem Himmel bat Alexej Petrowitsch um etwas Champagner, erzählte eine lustige Geschichte, küßte Xenia Andrejewna die Hände, kurz, er führte sich auf wie ein verwöhntes, schwieriges Kind, dem nichts verwehrt wird; dann wurde er ehrerbietig und zärtlich, zog eine Freikarte für eine amüsante Theateraufführung aus der Tasche, bot sie der Runde an und verabschiedete sich mit einer Verbeugung.

Alexej Petrowitsch hatte teils bei seiner Mutter, teils bei seinem Vater gelebt, einen Monat hier, eine Woche dort, den Winter hier, den Sommer dort. Der Vater hatte, als er zehn Jahre alt gewesen war, einer angeblichen Schauspielerin zuliebe die Familie verlassen, jedoch seine Frau und seine Kinder, Alexej und dessen Schwester Njuta, die ein Jahr später an Hirnhautentzündung starb, weiterhin versorgt, wenngleich nicht gerade großzügig oder auch nur regelmäßig. Alexej besuchte das naturwissenschaftliche Gymnasium, sie wohnten in Peski, in einer dunklen Wohnung ohne Dienstboteneingang, die mit schweren, scheußlichen Möbeln aus vergangenen Zeiten vollgestopft war. Zwischen den Zimmern befanden sich kleine Fenster, die dazu dienten, das wenige Licht in alle Räume zu verbreiten, und dort oben, nahe der Decke, webten dicke Spinnen ihre Netze. Die Mutter und die Kinderfrau entfernten die Spinnweben nie, sie waren damit beschäftigt, die lackierten Dielen zu putzen und die Vorhänge zu stärken. Und manchmal, am Abend, bewegten sich die Spinnen, eingehüllt in ihren eigenen Brokat und vom Aberglauben der Frauen beschützt, auf die Mitte der Zimmerdecke zu, wo sie sich aufeinanderstürzten und sich gegenseitig verschlangen, um dann auszutrocknen und auf den Boden zu fallen.

Wenn Aljoscha von der Schule nach Hause kam, setzte er sich an den Schreibtisch in seinem Zimmer, das voller Schränke und Truhen stand und wo oft wochenlang nicht gelüftet wurde; und dort blieb er bis zum Abend, schrieb Aufsätze und löste Rechenaufgaben, lernte Geschichte oder Russisch und warf immer schon einen Blick auf das folgende Kapitel, um zu wissen, wovon am nächsten Tag im Unterricht die Rede sein würde. Über dem Schreibtisch befand sich ein Regal aus Nußbaumholz, in dem sich lateinische Texte mit den dazugehörigen wörtlichen Übersetzungen häuften, hektographierte Lösungen von Mathematikaufgaben, das Buch *Aufsätze für die 5., 6. und 7. Klasse,* ein *Lehrbuch der Physik für Autodidakten* und *Fragen und Antworten der Geographie.* Für jedes Fach mußte man ein Buch besitzen, doch er besaß mehr als eins: Er hatte die Bücher von Sipowski und Sawodnik, von Neselenow und Smirnowski und Jantschin, von Krajewitsch, Singer und Lebedew, von Kiselew und von Dawidow und in Geschichte von Illowajiski, Platonow und Winogradow, Beljaminow, Jelpatschewski und ein anderes Buch, dessen Autor er nicht wußte, weil die erste Seite herausgerissen war. Alle diese Lehrbücher beschaffte sich Alexej auf dem Tauschweg: Aus dem schmalen Schrank mit den Gardinen nahm er die Bücher seiner Mutter – Puschkin, Lermontow, Mamin-Sibirjak, Scheller-Michailow, manchmal Romane von Maupassant und Zola in russischer Übersetzung –, die er im Gymnasium, wo ihn inzwischen alle kannten, gegen Lehrbücher tauschte, die Schüler aus anderen Klassen an ihn weitergaben, und nicht nur gegen ihre eigenen Bücher, sondern auch die ihrer älteren Brüder und Schwestern.

Er war der Klassenprimus und saß in der ersten Bank auf dem Platz direkt vor dem Pult; lange Zeit war er der Kleinste gewesen, und da sein Nachname mit A anfing, begann alles mit ihm – die zweireihigen Defilees, die Prüfungen, der Appell; er war es, der die Begrüßungsansprachen vorlas, dem Schulrat antwortete und außerdem – wer weiß warum – für die saubere Tafel und die Kreide verantwortlich war. Aber trotz allem hatte ihn nie jemand beneidet.

Samstags ging Aljoscha nach der Schule nicht nach Hause, sondern fuhr mit der 14 zum Sennaja-Platz. Ein Jahr zuvor war sein Vater wegen irgendwelcher undurchsichtiger Händel aus der Anwaltskammer ausgeschlossen worden, und seither verdiente er seinen Lebensunterhalt »mit Geschäften«. Die Wohnung war durchaus ansehnlich, mit einer vergoldeten Zierleiste an der Flurdecke, Brokatvorhängen und Fellen und sogar einem Diener, einem schmierigen Kerl mit Pickeln, fettigem Haar und einer Säufernase.

Aljoscha hatte vor allem Respekt – vor seinem Vater, dem Kammerdiener, vor der Wohnung und der neuen Frau des Vaters. Sie war die erste richtige Frau, die er aus der Nähe hatte sehen können, bekleidet, halb bekleidet oder nackt, gesund oder krank. Sie war eine wirkliche Dame und hatte ein rätselhaftes Verhältnis zur Brieftasche seines Vaters; in ihrer Nähe fühlte er sich unsicher, froh und ein wenig unbehaglich.

Er blieb dort bis zum Montagmorgen, und in diesen zwei Tagen glich das Leben in keiner Weise dem Leben in der Wohnung von Klawdia Iwanowna. Am Samstag hatte Maman Nummer zwei ihren Jour fixe; im Salon tranken die Besucher Tee, scherzten und klatschten. Und Aljoscha, der seine Hausaufgaben auf später, auf den Abend verschoben hatte, saß mit weit aufgerissenen Augen in einem Sessel. Er konnte einfach nicht davongehen. In Gedanken zog er den Frauen die seidenen Kleider mit den Volants und den Faltenwürfen aus, er mischte sich unter die Männer, um neben Kremtörtchen, Sandkuchen und Windbeuteln auch die Bonmots und die Scherze zu verschlingen, die in dem Zimmer fielen und wie Erbsen, wie Schrot, wie Perlen kullerten.

Am Abend aßen sie zu dritt: Papa, kahl, mit dichten Augenbrauen, roten Lippen und einem langen, zu beiden Seiten des Mundes hochgezwirbelten Schnurrbart, ein Gesicht wie auf den Umschlägen einer Zigeunerromanze der damaligen Zeit, Maman Xenia Andrejewna, in einem durchsichtigen Morgenmantel mit Ärmeln, die von ihrer Schulter herabglitten, und Aljoscha. Manchmal gingen der Vater und seine Frau nach dem Abendessen ins Theater; dann strich Aljoscha durch die Wohnung, prüfte ausführlich den Inhalt der – offenen oder abgeschlossenen – Schubladen und machte sich dann an seine Hausaufgaben. Hin und wieder nahmen sie ihn zu einer Operette oder zu einem Schwank ins Suworin-Theater mit. Einmal hatten sie ihn an einem Sonntagnachmittag ins Alexandrinski-Theater mitgenommen, wo sie den *Revisor* sahen, was ihn sehr interessiert hatte, denn im Unterricht war vor kurzem von Gogol die Rede gewesen.

Am Sonntag stand er gewöhnlich spät auf, und während er Tee trank, las er Zeitungen, von der ersten bis zur letzten Seite, wie einen Roman, von den Todesanzeigen bis zu den Heiratsannoncen. Nach dem Mittagessen machte Xenia Andrejewna einen Spaziergang mit ihm. Sie gingen über den Newski-Prospekt, über die Sadowaja, betraten den Sommergarten, wo sie ein paar Bekannte trafen: »Mein Gott! Wer ist denn dieser junge Mann?« – »Er ist mein Sohn. Ist es nicht unglaublich, daß ich einen so großen Sohn habe?« Der Bekannte, stutzig geworden, lächelte stumm. »Sieht er mir nicht ähnlich?«

Wenn das Rätsel gelöst war, wurde kräftig darüber gelacht; sie gab ihre Redensarten zum besten und der andere seine platten Sprüche.

Abends beim Einschlafen hörte Alexej Petrowitsch seinen Vater mit Xenia Andrejewna streiten. Ein Gegenstand zerbrach, ein Krug oder ein Flakon, er hörte, wie ein Stuhl umfiel und wie das Flüstern und die Schreie immer lauter und ungestümer wurden. Am nächsten Morgen war niemand zu sehen. Der Kammerdiener brachte ihm ein Glas Tee, er aß ein Brot und machte sich dann mit schnellen, wiegenden Schritten auf den Weg zur Straßenbahnhaltestelle. Im Winter schimmerten die Lichter im Schnee und durch den Nebel, und die Straßenbahn fuhr, die Dunkelheit zerteilend, bimmelnd davon; Aljoscha saß da und betrachtete die Matronen mit ihren Schultertüchern, die Frauen und die Damen mit ihren Fuchs- oder Zobelpelzen, und an allen fand er etwas Anziehendes.

Am Montag kehrte er nach der Schule nach Hause zurück. Klawdia Iwanowna schmiegte sich an seinen Mantel, die Kinderfrau kam aus der Küche, und sie begannen ihn gemeinsam zu quälen: »Was hast du gegessen? Hast du auch keinen Hunger gehabt? Hast du gefroren? War jemand böse zu dir?« Er stieß sie beiseite und sagte, ohne stehenzubleiben: »Habt ihr denn immer noch nicht genug? Es ist wirklich immer dieselbe Leier! Xenia Andrejewna hat einen neuen Pelzmantel mit Schwänzen bestellt. Papa hat, wenn ich mich nicht irre, die Absicht, Pferde zu kaufen.«

Nachdem er diesen Dolch in das Mutterherz gepflanzt

hatte, machte er sich an die Lösung seiner Aufgaben; sein rundes Kinn, an dem lange kein einziges Haar wachsen sollte, stützte er in die weiche Höhlung seiner Hand. Und diese Mühen, die Konzentration und der Schweiß dauerten fünf Tage, bis das Ende der Woche kam – vergleichbar einem unerwarteten, unpassenden Ornament an einem langweiligen Verwaltungsgebäude.

Sanft, mit seinen blauen Augen, imstande, wenn es angebracht war, Eilfertigkeit (im Weiterreichen, beim Herbeibringen) mit Bedachtsamkeit zu verbinden, mit seinem bleichen, ernsten Gesicht: stets legte er ein untadeliges Verhalten an den Tag; er schloß mit niemandem nähere Freundschaft, nahm an keinem Pfeilspiel, keinem Kartenspiel teil, verlieh kein Geld. Während er heranwuchs, wurde immer deutlicher, daß er außer seinen Lehrbüchern nichts gelesen hatte, jedoch alles auswendig wußte, was in der Schule von ihm verlangt wurde. Mit sechzehn Jahren wohnte er zufällig einer Unterhaltung über Frauen bei, einem trockenen, nüchtern geführten Gespräch, als ob es um die Wahl einer Fakultät oder um die Einhaltung der Fastenzeit ginge. Es war an einem Samstag gewesen. Abends, bei seinem Vater, hatte er seinen Plan bereits gefaßt. Spät in der Nacht, als alle schliefen, zog er seine Hosen an und schlich barfuß in das Zimmer der Köchin, einer noch jungen, hübschen, durchtriebenen Frau; eine halbe Stunde später war er wieder in seinem Zimmer. In dieser halben Stunde hatte er hartnäckig geschwiegen und nicht ein einziges Mal den Mund aufgemacht, so daß die Köchin ihn schließlich fragte: »Warum sind Sie so schweigsam, Aljoschenka? Schon so ernst, obwohl Sie noch so jung sind?«

Mit zwanzig Jahren verlor er seinen Vater; Xenia Andrejewna hielt sich damals in Kislowodsk auf, wo sie Umgang mit Generalen und Offizieren pflegte, weiße Spitzenröcke trug, schrieb und einen patriotischen Roman veröffentlichte. Aljoscha war mit Klawdia Iwanowna in Petersburg geblieben, er arbeitete in der sowjetischen Verwaltung, er litt Hunger. Doch in dieser erniedrigenden Atmosphäre schmiedete er stolze, bonapartistische Pläne, die er selbst noch nicht näher definieren konnte. In jenen Jahren wuchs in ihm ein wilder Haß auf die Macht, auf das Volk, auf das eigene Land. Nicht einmal ein Fürst von Geblüt oder ein Adliger aus alter Familie hätten mit solchem Zorn, mit solch haßerfülltem Schaudern auf die Ereignisse im Land reagieren können.

Er haßte alles: die unermeßliche Weite, die allein schon den Untergang herbeiführen mußte, denn wie wollte man die polizeiliche Ordnung bis an die Grenzen eines Landes aufrechterhalten, das keine Straßen hatte und von einem Volk bewohnt war, das Sonnenblumenkerne kaute und sich in die Hand schneuzte? Er haßte das Chaos, das sich nach Peter dem Großen durch die Geschichte Rußlands zog, ein Chaos, das in seinen Augen eine unverzeihliche Dummheit darstellte, die jetzt ihren Preis forderte. Er haßte das ganze neunzehnte Jahrhundert, diese Verheißung der Apokalypse: jedes Jahrzehnt hatte die Zukunft in einer verfluchten, prophetischen Sprache angekündigt. Vergnügen bereitete ihm hingegen der Gedanke an die vier letzten, verlorenen Kriege, an die heruntergekommenen, zügellosen »Progressisten«, die sich mit den Agenten der zaristischen Geheimpolizei zusammentaten und gemeinsam mit ihnen Bomben warfen.

Nachdem sich die Grenzen 1925 wieder öffneten und er sich in Paris wiederfand, pflegte er Rußland die »Sowjetie«, die Bolschewiken »Genossen« und Lenin »Deutschlands Agenten« zu nennen. Er war überzeugt, wie durch ein Wunder der Erschießung entgangen zu sein, und erzählte überall, in jenem Land würden vierzehnjährige Mädchen auf Kosten des Staates Kinder von unbekannten Vätern zur Welt bringen und die Muschiks sich von Menschenfleisch ernähren. Dann verging ihm die Lust daran, und er vergaß Rußland. Es war der Anfang eines neuen Lebens an einem neuen Ort. Und der Zusammenstoß mit diesem Leben war so heftig gewesen, daß er dabei beinahe seine Haut gelassen hätte.

Sie wohnten in einem Vorort, in einem einzigen Zimmer ohne Heizung. Klawdia Iwanowna ging zum Wäschewaschen in fremde Häuser. Er mußte mit ansehen, wie sich die reife, schwerfällige, aber noch robuste Frau innerhalb kurzer Zeit in eine vom Bruch gequälte Alte verwandelte, die blutige Blasen an den vom Wasser verzehrten Fingerspitzen hatte. Er irrte durch die Stadt. Was hatte er gelernt? Was konnte er tun? Eine Anstellung in einem Büro finden, in einem Restaurant Teller waschen, Laufbursche in einem russischen Lebensmittelgeschäft werden, von Tür zu Tür gehen und Staubsauger verkaufen? All das hatte er getan, durchfroren und ausgehungert, und dabei um jeden verdienten Pfennig gezittert. Hätte er stehlen können, so, daß es niemand merkte, er hätte es sicher getan, doch er wußte nicht einmal, wie er es anfangen sollte.

Und doch hatte er im Elend dieses erbärmlichen Neuanfangs, dieser fortgesetzten Hungertage eine bestimmte Richtung eingeschlagen, die ihn schließlich veranlaßte, das Kommissionsgeschäft, das lange, fruchtlose Herumziehen durch Treppenhäuser und Höfe, der seßhaften Arbeit vorzuziehen.

Man sagte ihm: »Finde jemanden, der ein Pianola kaufen will« – oder eine Nähmaschine oder ein Radio, wenn es sich nicht gerade um ein Fahrrad, eine Enzyklopädie oder eine neue Fußbodenbürste handelte. Er suchte und fand nichts; durch seine Schuhsohlen spürte er die kalten, feuchten Pflastersteine und im Herzen die vielen hundert Stufen, doch nie gab er die dumpfe Hoffnung auf, daß er in einer bestimmten Straße, in ebendiesem Treppenhaus reich werden würde.

Gegen Ende des dritten Winters, als Klawdia Iwanowna ins Krankenhaus kam, um sich einer Operation zu unterziehen, nutzte er die Tatsache, daß seine Mutter keine Zeitungen lesen würde, und gab eine Annonce auf: »Xenia Andrejewna Astaschewa wird gebeten, mit ihrem Sohn Verbindung aufzunehmen.«

In der Redaktion der Zeitung traf ein Brief ein. Xenia Andrejewna teilte ihm ihre Adresse mit, forderte ihn auf, sogleich zu ihr zu kommen, und wunderte sich, daß weder Nadeschda Petrowna noch Wassili Wassiliwitsch, weder Genia Sokolowa noch die Sipatjews ihm gesagt hätten, daß sie in Paris lebte. Alle diese Personen waren ihm unbekannt.

Maman begriff alles, kaum daß er hereingekommen war, und obwohl auch sie älter geworden war – die Vierziger waren den Fünfzigern gewichen –, schien er sich doch mehr verändert zu haben: sein Gesicht war aufgeschwemmt, düster und verbraucht, seine Stimme war lauter geworden, als befände er sich in einem Zustand ständiger Entrüstung, der Blick unruhig und trübe, der bleiche, feuchte Mund war in die Breite gegangen. Er hatte noch nicht entschieden, ob er ihr gleich alles sagen sollte, während er die Zigarette rauchte, die sie ihm angeboten hatte, oder ob er die Daumen in den Westenausschnitt stecken und sich irgendeine wilde und unwahrscheinliche Geschichte ausdenken sollte . . .

»Nun, mein hübscher Blonder«, sagte sie mit ihrer tiefen Stimme, wobei sie mit einer Halskette spielte, die er aus seiner Kindheit kannte. »Erzähle. Und spiel nicht den Dummen.«

Das Zimmer gehörte ihr nicht, sie hatte es möbliert gemietet, aber es war ein luxuriöses Zimmer mit roten Seidenvorhängen und einem Flügel. (Ob sie vielleicht einen Staubsauger brauchte? Nein, sicher nicht.) Auf dem Tisch standen drei Flaschen, die sie für seine Ankunft vorbereitet hatte, doch er hatte Lust auf ein Kalbskotelett und gegrillten Schinken, auf Rindfleisch, gekochtes oder geschmortes Rindfleisch.

»Ich mache ziemlich schlechte Zeiten durch«, sagte er und legte die Zigarette, die er nicht angezündet hatte, wieder auf den Tisch, und er betrachtete seine Hände, die abgekauten Fingernägel. »Haben Sie keine Idee, Maman?«

Sie gab ihm ein Gläschen Bénédictine zu trinken, das ihn erwärmte und seinen Geist süß und lau umnebelte. Sie saß vor ihm, die langen, eleganten Beine übereinandergeschlagen, wobei das seidige Knie unter dem kurzen, engen Rock zu sehen war; sie war nicht jung und nicht alt, geschminkt, dünn, selbstsicher. Sie rauchte, ohne zu lächeln: es gab keinen Grund zu lächeln.

»Ich werde dir eine Chance geben«, sagte sie mit ihrer tiefen Stimme und sah ihn durchdringend an. »Hör gut zu, Klassenprimus. Doch warte, erst hole ich dir etwas zu essen. Es sind noch Reste vom Mittagessen da.«

Sie ging hinaus. Ihr starkes, schweres Parfum hing in der Luft. Er sah sich um. Wer war sie eigentlich? Was machte sie? Morgens stand sie auf, und was machte sie dann? Wohin ging sie? Wie konnte sie sich das alles leisten?

Sie kam zurück. Mit Roastbeef, Senf und Brot. Er aß, trank noch ein Glas Likör. Senf und Bénédictine. Das gefiel ihm: früher oder später würde er es wieder versuchen – wenn er Geld hätte, um sich beides zu kaufen.

»Hör zu! Zunächst, was mich angeht: Ich habe einen Franzosen. Pjotr Iwanowitsch, Gott habe ihn selig« – sie machte schnell das Zeichen des Kreuzes –, »war ein Mann, wie es ihn heutzutage nicht mehr gibt . . . Talent, Temperament, die alte Garde, ein Mann von Stil. Doch was soll ich es dir erzählen, du bist sein Sohn. Eins darfst du nie vergessen: er war ein außergewöhnlicher Mann. Aber dann ist mir dieser Franzose über den Weg gelaufen – ein Märchen, ein Roman! Im Zug! Hat angebissen wie ein Fisch. Seit vier Jahren hält er mich aus. Blaues Blut, musikbegeistert, gebildet, ein hohes Tier in der Politik, bereits im Ruhestand. Der Haken ist nur, daß er über siebzig ist.«

»Ach du lieber Gott!« rief er mitfühlend.

»Was stöhnst du denn? Wo denkst du hin? Für einen guterhaltenen Mann ist das nicht viel. Ich bin auch keine sechzehn mehr. Aber es ist riskant. Diesen Herbst wäre er beinahe an einem Herzinfarkt gestorben. Und er hat eine Familie, Frau, Kinder, und außerdem eine Geliebte, mit der er seit dreißig Jahren zusammen ist, und dann hat er noch eine Schauspielerin, eine schlimme Hure, die mit allen Ministern ins Bett geht, aber er braucht sie für seine Geschäfte, in ihrem Haus trifft er einflußreiche Männer. Mit anderen Worten, ich gebe dir eine Chance. Statt herumzulaufen und die Leute zu überreden, unnütze Dinge zu kaufen, bringe ihn dazu, daß er eine Versicherung zu meinen Gunsten abschließt.«

»Was wollen Sie damit sagen?«

Er hatte nicht verstanden, aber er sah ihrem Gesicht an, daß sie zum Kern des Problems vorgestoßen war.

»Bist du betrunken? Ich sage dir: Sieh zu, daß du Versicherungsagent wirst und den Tod versicherst – nein, nicht den Tod, sondern das Leben. Dann lernst du ihn bei mir kennen, und ihr freundet euch an. Nur darfst du mich in seiner Gegenwart nicht mehr ›Maman‹ nennen, sondern zurückhaltender, ›meine Cousine‹ zum Beispiel, und obendrein eine angeheiratete, eine entfernte Verwandte . . . Er wird dich fragen: ›Und was machen Sie, junger Mann?‹ Du wirst sehen, er ist ein wirklicher Herr, vornehm, überaus gebildet; wenn er spricht, könnte man ihn für einen Akademiker halten. Du wirst ihm von ein paar Fällen aus deiner Berufspraxis berichten, wirst ihm erklären, was es bedeutet, seine Nächsten im Elend zurückzulassen. Du darfst ihn nicht mit dem Tod verschrecken, das mag niemand, spiel vielmehr auf den fünften Akt an, auf den Vorhang, der sich senkt, unerwartet und für immer.«

Er ließ ein spitzes Lachen hören, jetzt geradezu berauscht; er war es nicht gewohnt, zu trinken.

»O Maman, Sie sind so . . . Sie sind gut, freundlich, intelligent! Ich möchte Sie küssen, ich möchte Sie küssen! Für mich sind Sie immer die Vollkommenheit in Person gewesen. Ja, eine Zeitlang haben mich Ihre Morgenröcke geradezu erregt. Geben Sie mir wenigstens die Hand, wenn Sie wollen, daß wir wie Mutter und Sohn bleiben.«

»Dummkopf!« antwortete sie, trotz allem geschmeichelt.

Und mit einem Schlag fühlte er sich ernüchtert, er fing sich wieder und räusperte sich.

»Und wenn es nicht klappt? Das heißt, ich wollte sagen: Und wenn es klappt?«

»Du bekommst einen prozentualen Anteil. Wenn du es schaffst, daß er sich für eine halbe Million versichert, ergibt es eine schöne Summe.«

»Aber es wird ihn ein Vermögen kosten, da er keineswegs mehr jung ist.«

»Allerdings. Aber schließlich ist er reich.«

Aljoscha sagte nichts darauf, er faßte die Gläser an, leckte einen klebrigen Finger ab.

»Und danach?«

»Wir brauchen die ersten fünftausend Francs«, sagte sie unumwunden und trank einen Schluck von dem Likör, wobei sie die Augen zusammenkniff.

Er beobachtete sie und lachte plötzlich, doch es war ein anderes Lachen, wässerig, verträumt.

»Es wäre wirklich zu schön, liebste Mamenka«, stammelte er, und ein glücklicher Gedanke ließ sein Gesicht aufleuchten.

»Oh, wie schön wäre es! Ist es wirklich zu machen? Und auf eine so redliche, ehrliche Weise! Sie müssen wissen, Mamenka, Ehrlichkeit gefällt mir, ich bin kein Schurke; ich könnte nicht töten, nicht einmal jemanden bestehlen. In meinem ganzen Leben habe ich noch nie einer verheirateten Frau den Hof gemacht, ich schwöre es, ich habe immer ledige Frauen vorgezogen, und wenn ich es recht bedenke, habe ich keine Sünde auf dem Gewissen. Warum muß ich nur so leiden?«

Er hielt inne und wartete, bis seine Tränen getrocknet waren.

»Mein Gott, warum? Ich habe keinen schlechten Charakter, ich bin anständig, höflich, und wenn ich nicht von morgens bis abends Gedichte lese und auch keine Konzerte besuche, so ist das doch kein Verbrechen.«

Sie hörte sich sein Gejammer an. In dem Zimmer wurde es dunkel. Die seidenen Puppen auf dem Diwan vergruben ihre Nasen in den Rüschen ihrer bunten Kleider. Dann stand sie auf, machte das Licht an, puderte sich, setzte einen hohen, sonderbaren Hut auf und ging mit Alexej Petrowitsch aus dem Haus, in die Geschäfte. Es gefiel ihr, daß er jung und hübsch war, vertraut mit ihr wie vor langer Zeit, und daß sie im Begriff waren, gemeinsam jenen Plan zu verwirklichen, der ihr seit nunmehr einem Jahr keine Ruhe ließ.

Und wenn er jetzt, was selten geschah, an diesen Alten dachte, der in Wirklichkeit erst neunundsechzig Jahre alt gewesen war (er hatte sein exaktes Alter in dem Augenblick erfahren, als er, den Versicherungsbedingungen entsprechend, mit einem Arzt zum Zweck der Untersuchung, der Unterzeichnung der Police und der ersten Zahlung zu ihm gegangen war), wenn er an diesen charmanten, zerbrechlichen Alten mit dem Silberhaar dachte, der wenig später starb und ihm nach Abschluß ihrer Verhandlungen ein Notizbuch mit einem seitlich befestigten Stift geschenkt hatte, dann war es ihm, als liege diese Episode sehr weit zurück, an der Grenze zwischen Jugend und Mannesalter. Ein verlorener Grünschnabel war er damals gewesen, als er im Elend lebte und die Anzeige aufgab, als er fühlte, daß er am Ende war! Als er Klawdia Iwanowna aus dem Krankenhaus nach Hause gebracht hatte, zurück in das ungeheizte Zimmer, zurück zur Arbeit im Tagelohn! Doch daran dachte er nur selten; im Gegenteil, alles – die Begegnung mit Xenia Andrejewna, die neuen Hemden, »meine Cousine«, die abendlichen Schachpartien mit Monsieur Robert und die Seiten des Klavierauszugs, die er umblätterte, wenn jener andere anmutig und sanft Schumann vom Blatt spielte –, alle diese Gedanken hatten sich nach und nach so tief in seinem Gedächtnis verborgen, daß es unangenehm und lächerlich gewesen wäre, sie aus ihrem Schlummer zu reißen. Jetzt verlief das Leben völlig anders, so abwechslungsreich und glatt, so ungebunden und gesichert, er machte so viele neue Bekanntschaften und war so sehr sein eigener Herr, daß er manchmal, einen modischen Foxtrott vor sich hin pfeifend, durch alle Zimmer seiner ordentlichen und bequemen Junggesellenwohnung tanzte.

2

Es war ein frischer, klarer Morgen; zweimal schon hatte die Sonne Zeit gehabt zu scheinen, und zweimal hatte ein Regenschauer das Straßenpflaster erglänzen lassen. Als Alexej Petrowitsch mit Melone, Regenschirm und Aktentasche aus dem Haus trat, war der Himmel blau und schwarz, und der Wind stach ihm in die Nasenlöcher. Er ging den Bürgersteig entlang und bog zur Bushaltestelle ab. Sein frischgewaschenes Gesicht leuchtete, seine Augen waren von einem klaren Blau, seine ganze Erscheinung hatte etwas mit diesem Morgen gemein, mit dieser Stunde, mit der Luft, dem Wetter – etwas Gesundes, Kraftvolles, Rastloses.

Er hatte sich noch nicht ganz an das neue Viertel gewöhnt, wo er sich einen Monat zuvor einquartiert hatte. Alexej Petrowitsch wechselte ziemlich oft sein Domizil, und er ging fort, ohne eine Adresse zu hinterlassen. Gewöhnlich fiel sein Fortgehen mit dem Ende einer Beziehung zusammen. »Elegant brechen«, »den letzten Akkord nicht erklingen lassen« – so beschrieb er die Art und Weise, wie er das Verhältnis mit einer Frau beendete. Inzwischen kannte er die ganze Skala der für solche Situationen angemessenen Ausdrücke auch auf französisch, um so mehr, als er in letzter Zeit mehr französisch dachte als russisch. Und genaugenommen paßten diese Ausdrücke auch besser zur Natur seiner Liebschaften, deren

Protagonistinnen immer häufiger Französinnen waren – russische Frauen mochte er nicht.

Sein Atem roch nach einer Mischung aus Kaffee und Mundwasser. Er rauchte nie. Im Kopf hatte er die Adresse eines wichtigen Geschäftsmannes, die Privatadresse, denn Astaschew vermied es, in einem Büro vorstellig zu werden. Er beschleunigte seine Schritte, damit er den Kunden zu Hause antraf. Er hing seinen üblichen Gedanken nach. Früh am Morgen war er sehr wach.

Ein arbeitsreicher Tag lag vor ihm.

Am Kiosk kaufte er eine Zeitung; den russischen zog er französische, den linken rechtsgerichtete Zeitungen vor.

Im Autobus war eine schöne Frau, und er betrachtete sie lange. Frauen erregten seine Neugier, und besonders gern beobachtete er Unbekannte – wie sie sich puderten, das Haar richteten, die Beine übereinanderschlugen, worüber sie redeten. Er stieg in einer breiten, verlassenen Straße aus, wo zu dieser frühen Stunde nur Hunde zu sehen waren und die Zimmermädchen, die sie ausführten und dabei untereinander ein paar Worte wechselten. Ein Pudel mit blauem, geringeltem Fell und geschorenem Rücken wich vor ihm zurück.

Astaschew ging an den Gärten entlang. Die herabgefallenen trockenen Blätter wirbelten und raschelten im Wind. »Teufel noch mal – was für ein Garten, was für ein Haus! Eine weiße Villa, eine schwarze Tür, und nichts ist mehr zu hören, weil man auf etwas Weichem und Warmem, auf etwas Sandigem geht, so dicht und wollig, daß man das Gefühl hat, auf samtigen Staub zu treten.«

In einem schmalen Spiegel spiegelte sich ein anderer wider, und dort, in dem anderen Spiegel, erblickte er den Rand eines gedeckten Tisches, eine dampfende Tasse, einen Ellbogen und eine weitere Tür, aber er wußte nicht, in welche Richtung er gehen sollte – zu der Tür, die er im Spiegel sah, oder zu der anderen, näheren, zu der ihn jetzt die Hand eines älteren und glattrasierten Mannes hinüberwinkte, der eine gestreifte Weste und einen Kneifer an einem schwarzen Band trug.

»Melden Sie Astaschew«, sagte Alexej Petrowitsch, ohne den Ausdruck seines rosigen Gesichts zu verändern. Er hatte einen Namen, und warum sollte er in einer Eingangshalle erklären, was er bedeutete und was der Grund seines Besuchs war?

Das Arbeitszimmer war weiß wie ein Krankenhaussaal und mit einem Diwan und Sesseln aus weißem Leder möbliert, die sehr tief waren und nur darauf zu warten schienen, den ersten, der sich setzte, in ihr sumpfiges Polster herabzuziehen. In dem Weiß der Teppiche, der Sessel, des Telefons und des Schreibtischs mit der Glasplatte erschien in einer weißen Tür ein riesiger breitschultriger Mann, auf dessen Gesicht tödliche Langeweile geschrieben stand. Er betrachtete Alexej Petrowitsch, neigte den Kopf zur Seite, stützte sich mit beiden Fäusten auf den Tisch, bereit, ihm zuzuhören.

»Ich werde Sie nur fünf Minuten in Anspruch nehmen, keine Sekunde länger«, sagte Astaschew in entschlossenem, ernstem Ton, als wollte er schon mit den ersten Worten seine Jugend und seine Energie beweisen; seine blauen, hellen und durchsichtigen Augen ließen auf Ehrlichkeit, Spontaneität und eine slawisch-orthodoxe Taufe schließen – die Natur hätte diese Augen mühelos in die Augen einer jungen, ihrem Schicksal rückhaltlos ergebenen Novizin verwandeln können.

»Erlauben Sie mir, Ihnen eine wichtige Neuigkeit mitzuteilen.«

»Was wird es mich kosten?« fragte der Geschäftsmann mit rauher, gleichgültiger Stimme. Er hatte noch nicht begriffen, wen er vor sich hatte. Breitbeinig stand er da und hielt seinen schweren Körper aufrecht.

»Nicht einen Pfennig, wenn Sie nicht davon profitieren wollen. Ich bin gekommen, um Ihnen etwas zu sagen, was Ihnen wie eine ungeheuerliche Binsenweisheit vorkommen wird. *Wir sind alle sterblich.* Fjodor Grigorewitsch ist es, der mich zu Ihnen schickt.«

»Ich kenne keinen Fjodor Grigorewitsch«, sagte der Geschäftsmann mit undurchdringlicher Miene.

»Hier ist meine Uhr: Ich habe Ihnen versprochen, Sie nicht lange aufzuhalten. Binnen kurzem wird diese Uhr mir die Zeit angeben. Und eines Tages wird sie *uns* die Zeit angeben. Ja, es ist sinnlos, den Kopf in den Sand zu stecken: eines Tages schlägt uns allen die Stunde.«

Der Geschäftsmann ließ die Hände sinken, zog mit dem Fuß den Sessel zu sich heran und ließ sich in ihn fallen.

»Und was wollen Sie von mir?«

»Ich bin gekommen, um Sie daran zu erinnern ...« Jetzt setzte sich auch Alexej Petrowitsch, jedoch sehr vorsichtig, um nicht zu versinken. »Die Gedankenlosigkeit, mit der alle leben, ist wahrhaft unverzeihlich. Die

Stunde wird früher oder später kommen. Dann möchte ich Ihre Frau und Ihre Kinder sehen! Sie selbst möchte ich dann sehen! Haben Sie nie daran gedacht?«

Er stützte sein Kinn auf seine weiche, halbleere Aktentasche und blickte verträumt ins Weite.

»Wir bieten Ihnen die Möglichkeit, zu verhindern, daß Ihre Familie eines Tages in Not gerät, die Möglichkeit, sich nicht ängstigen zu müssen. Im letzten Augenblick müssen wir an viele andere Dinge denken, an die Seele zum Beispiel; ich persönlich bin natürlich nicht gläubig, aber viele Menschen sind es. Angst macht es einem trotzdem, und es ist für alle Menschen gleich. Wir bieten den Verwandten die Möglichkeit, sich ihrem Schmerz hundertprozentig hinzugeben, ohne sich schon in den ersten Tagen um das tägliche Brot sorgen zu müssen. Ach, die ersten Tage! . . . Wir zahlen pünktlich, ohne Verzug, freudig und schneller als die Banque de France, während Sie noch ausgestreckt daliegen, während der Verstorbene noch aufgebahrt daliegt. Es ist in Ihrem Interesse, Ihr Leben zu versichern, denn enden wird es auf jeden Fall.«

»Aha, das sind Sie also!« sagte der Geschäftsmann und strich sich mit der gepflegten, bleichen Hand über sein finsteres, starres Gesicht.

Alexej Petrowitsch fuhr, jetzt ein wenig ruhiger, fort: »Sie zahlen an jedem Monatsersten. Ich rate Ihnen, sich für eine Million zu versichern. Eine mittlere Summe. Jeder denkt in bestimmten Augenblicken an sein eigenes Ende; verzeihen Sie, wenn ich so offen und ohne Umstände von diesen Dingen spreche, wir sind ja unter uns. Es sind schreckliche Augenblicke, und sie sind unabwendbar, verstehen Sie, unabwendbar, genauso wie es heute unabhängig vom Wetter Abend werden wird. Ob Sie telefonieren oder in Eile sind, ob Sie etwas verkaufen oder kaufen oder sich auf dem Diwan ausstrecken, um zu schlafen, es wird in jedem Fall Abend werden. Und so wird auch *jener Augenblick* kommen. Alles« – Astaschew kniff sich in das weiße, zarte Fleisch seiner Hand –, »alles wird ein Ende haben. Und was dann?«

Eine Pause von zwei Sekunden. Dann stieß ein blauer Pudel mit seiner dicken Flanke die Tür auf und kam ins Zimmer – es war der, den Astaschew schon gesehen hatte. Langsam und selbstsicher sprang der Pudel auf den Diwan, ging im ganzen Zimmer herum und hinterließ feuchte Spuren auf Teppich, Leder und Kissen. Der Geschäftsmann sah ihn nicht und rührte sich nicht.

»Was für ein schönes Hündchen! Gestatten Sie mir eine Frage: Wie alt sind Sie?«

»Was geht Sie das an? Und warum . . .?«

»Ist es möglich, daß Sie nicht verstehen? Je mehr Sie sich dem Ende nähern, um so höher sind die Prämien: die Wahrscheinlichkeit wird größer. Mit fünfzig Jahren sind die Möglichkeiten nicht dieselben wie mit sechzig. Und mit siebzig . . . Aber Sie sind noch keine Siebzig, ich täusche mich nie. Eine einzige Unterschrift, und alles ist perfekt.«

»Welche Wahrscheinlichkeit wird größer?« fragte der Geschäftsmann, der bleich geworden war, als wäre er plötzlich sehr müde und hätte nicht mehr die Kraft, den Fremden zu verjagen, das Gespräch mit ihm abzubrechen.

»Sich in etwas Beschwerliches, Belastendes und schnell Verfaulendes zu verwandeln«, fiel Astaschew über ihn her. »Womöglich denken Sie: Warum soll ich mich versichern, wenn ich doch Häuser, Vermögen, Wertpapiere besitze ... Ah, erlauben Sie mir, daß ich Ihnen in diesem Zusammenhang eine Geschichte erzähle, die wahr ist, keine Anekdote. Vor einiger Zeit bin ich bei einem berühmten Wissenschaftler gewesen, ich nenne ihn nicht ›Genie‹, weil ich diese Bezeichnung niemals benutze, es widerspricht meinen Prinzipien. Der Wissenschaftler sagte mir: ›Entschuldigen Sie, aber warum sollte ich mich versichern? Ich habe zehn wissenschaftliche Werke geschrieben, und jedes dieser Werke umfaßt tausend Seiten. Es wird sogar noch für die Kinder und die Enkelkinder reichen.‹ Nun, was glauben Sie? Keine zwei Jahre vergingen, da war er tot. Und dann kommt so ein junger Kerl daher und widerlegt mit einer unverschämten Broschüre die Theorien des Alten, und jetzt ...« – Astaschew entwich, ohne daß er es wollte, ein schrilles Pfeifen –, »jetzt reichen die zehn Bände nicht einmal mehr, um die Witwe zu ernähren.«

Der Geschäftsmann richtete sich jäh auf, betrachtete die Spuren des Hundes und stieß einen kaum hörbaren, schmerzlichen Seufzer aus.

»Danke. Ich werde es mir überlegen«, sagte er, als hätte er tatsächlich vor, über das Gehörte nachzudenken. »Auf Wiedersehen.«

»Noch zwei Worte«, rief Astaschew, obwohl er schon bereit schien, mit seinen kräftigen Beinen vom Sessel aufzuspringen. »Denken Sie auf keinen Fall darüber nach, oder denken Sie sowenig wie möglich nach. Unterschreiben Sie hier, und denken Sie nicht mehr daran.«

Er zog einen himmelblauen Bogen mit üppigen Verzierungen aus der Aktentasche.

»Hier, in dieser Ecke. Ein Sänger – ein bekannter Bariton, das Berufsgeheimnis verbietet es mir, seinen Namen zu nennen – hat wieder und wieder darüber nachgedacht, und dann starb er. Können wir wissen, was uns zustoßen wird?«

»Gehen Sie, es reicht!« sagte der Geschäftsmann mit starrem Blick, und das gelbliche Weiß seiner hervorstehenden Augen erinnerte an ein billiges Zelluloidspielzeug. »Teacher, du hast alles schmutzig gemacht, verschwinde! Out! General, bringen Sie Teacher hinaus.«

Der Hausdiener mit dem Kneifer am Band trat ins Zimmer und führte den Pudel hinaus. Der Geschäftsmann beugte sich schwerfällig und versuchte sich aus dem Sessel zu erheben. Alexej Petrowitsch schnellte wie eine Feder aus seinem hoch.

»Seien Sie vernünftig«, fuhr er mit klarer, ehrlicher, entsagungsvoller Stimme fort. »Wenn wir schon nicht wissen, was *dort* mit uns geschieht, so können wir wenigstens *hier* unsere Angelegenheiten so gut wie möglich regeln.«

»Lassen Sie mich«, sagte der Geschäftsmann mit sehr leiser Stimme, als spräche er mit einer dritten Person zwischen ihm und Astaschew, oder aber mit dem Sessel, der ihn nicht freigeben wollte.

Endlich war er aufgestanden. Niedergeschlagenheit

verdüsterte sein Gesicht, seine versteinerten Züge hatten etwas Furchterregendes.

»Ich lasse Ihnen meine Visitenkarte da«, sagte Astaschew, und seine rosigen Finger setzten sich wieder in Bewegung, um ein Kärtchen aufzufangen, das aus der Aktentasche glitt.

»Das ist nicht nötig. Ich bin sehr beschäftigt. General, begleiten Sie den Versicherungsagenten hinaus.«

Astaschew zuckte zusammen und ging zur Tür, zu der anderen, der lackierten, verglasten Tür.

Er war unermüdlich und hatte bereits eine andere Adresse im Kopf. Die Bäume wiegten sich im Wind, während er, seinen Regenschirm schwingend, an den Gärten entlangging. Es waren keine Hunde mehr zu sehen und auch keine Dienstmädchen. Neben den Automobilen standen kerzengerade die Chauffeure in Erwartung ihrer Dienstherren. Zwei chinesische Köche waren auf dem Weg zum Markt und unterhielten sich in ihrer klangvollen Sprache.

Vergessen wir das. Öffnen wir angenehmen und unterhaltsamen Gedanken die Tür. Was werden die chinesischen Köche vom Markt zurückbringen? Langusten? Rebhühner? Ananas? Ob der Geschäftsmann eine Frau hat? Sicher eine dumme, launische Frau, die im Sommer im Casino ihr Geld verspielt und sich mit Sahnetorte vollstopft. Ob er eine Tochter hat? Sicher auch so eine Person, die sich langweilt, ständig verliebt ist und davon träumt, einen Ausländer zu heiraten: vernünftiges Vorhaben! Wo könnte ich sie finden, um ein Schwätzchen mit ihnen zu halten? Vielleicht hat er einen Sohn? Ja, sicher hat er einen Sohn, ich habe doch seine Adresse in meinem Notizbuch! Eine Filmproduktionsgesellschaft, Dreharbeiten, ein mit Sternen übersätes Büro, ein ständiges Kommen und Gehen von Stars, direkt unter dem Himmel, auf den Champs-Élysées. Morgen muß ich zu ihm gehen, muß ihn überzeugen, darf nicht lockerlassen. Ich muß Beziehungen anknüpfen und auch dort meine Spuren hinterlassen. Doch daran werde ich morgen denken, heute habe ich schon drei Verabredungen.

Die Stadt, die Straßen, der atemlose Wettlauf eines Lebens voller Begegnungen: er schwamm darin, ungezwungen und frei, er fühlte sich wohl darin, er, der Bürger, der Steuerzahler . . . aber nicht Soldat! Natürlich hatte er die Staatsangehörigkeit nicht gewechselt. »Franzose mit Leib und Seele«, sagte er oft, doch der Paß war der alte geblieben: international, nutzlos, wenn er auch keine Unannehmlichkeiten durch ihn hatte. Er wollte sein Schicksal, sein geliebtes, angenehmes, solides, einzigartiges Leben nicht mit einem Land, mit einem Staat verbinden, in dem nicht immer Ruhe geherrscht hatte und in dem es bisweilen zu Exzessen kam wie in dem Land, aus dem er stammte. Und seine Gelder hatte er bei einer amerikanischen Bank deponiert, damit er bei den ersten Anzeichen von Unruhen auf dem Luft- oder Wasserweg fliehen, anderswo neue Segel setzen und sein glückliches und arbeitsreiches, wenn auch noch immer ungesichertes Leben weiterführen konnte.

»Auf Empfehlung von Iwan Stepanowitsch Besser«, sagte er mit einer Verbeugung, als er einen großen, etwas verstaubten Salon betrat, der mit wertlosen alten Gegenständen vollgestopft war, und mit besonders großem Vergnügen drückte er die feuchte, offensichtlich frischgewaschene Hand des Hausherrn. »Verzeihen Sie bitte, wenn ich Sie gestört haben sollte, aber Iwan Stepanowitsch hat mich inständig gebeten, bei Ihnen vorbeizuschauen.«

»Setzen Sie sich, setzen Sie sich, mein Lieber«, sagte der kleine rundliche Hausherr, der rotes Haar und hervorstehende, wenig intelligente Augen hatte, und führte ihn zu einem Tischchen, auf dem eine Vase mit Blumen in gefährdetem Gleichgewicht stand.

»Ich werde möglichst wenig von Ihrer Zeit in Anspruch nehmen und Ihnen sogleich mitteilen, was ich Ihnen aufgrund meiner beruflichen Pflicht leider mitteilen muß: Es kommt der Tag, an dem der Vorhang fällt.«

Der Hausherr seufzte mit offenem Mund und fuchtelte mit den Händen in der Luft.

»Oh, ich weiß schon, wovon Sie reden. Sprechen Sie nicht davon. Es ist schrecklich! Wie ist es möglich, daß es noch kein Mittel dagegen gibt? Aber ich habe gelesen, daß in Amerika irgendwelche Pillen erfunden worden sind . . . Das nennt man Fortschritt!«

Alexej Petrowitsch lächelte fein.

»Was für Pillen? Ich bitte Sie! Alles auf der Welt, von der Fliege bis zum Genie, hat ein Ende. Was vermögen Pillen dagegen?«

»Dann sollte man uns wenigstens sagen, was es *dort* gibt. Zu irgend etwas müssen sie doch nutzen, all diese Akademien, Universitäten und Laboratorien! Nein, nein, darüber kann ich nicht sprechen, ich will es nicht, wechseln wir das Thema. Ich weiß, Iwan Stepanowitsch hat sich für hunderttausend versichert, und auch ich habe mich entschlossen, mich für hunderttausend zu versichern, und ich werde auch meine Frau für hunderttausend versichern – gibt es für zwei Personen Preisnachlaß? Aber ich möchte, daß es auf diskrete, stille Weise geschieht, ohne daß wir an den Hintergrund unserer geschäftlichen Abmachung denken müssen. Ich würde nicht mehr schlafen können. Es macht mir angst.«

Astaschew lächelte wieder, und mit einer Verbeugung gab er seine Zustimmung zu erkennen.

»Wir werden nicht im geringsten davon sprechen. Ja, wir haben bereits vergessen, wovon wir gesprochen haben. Wenn ein Kampf sinnlos ist, muß man möglichst unauffällig Maßnahmen ergreifen, damit alles glatt abläuft und die Summe gezahlt wird . . .«

»Oh, übrigens ist mir zu Ohren gekommen, daß Sie nicht immer pünktlich zahlen.«

»Pünktlicher als die Bank of England.«

»Aber manchmal werden Prozesse gegen Sie angestrengt.«

»Das sind Simulanten! Bitte sagen Sie so etwas nicht einmal im Scherz!«

»Sehr interessant. Es gibt also Simulanten? Und zahlen Sie bei Selbstmord?«

»Aus welchem Grund?« Astaschew machte ein verdrossenes, gekränktes Gesicht. »Mit einer einzigen unbesonnenen Geste löscht ein Mensch sein vergangenes Leben aus: warum sollte er dafür belohnt werden? Er wird durch seine Tat ein inexistenter Mensch, eine Schimäre. Wir sind für ein normales Ende. Daher können wir nur bei denen zahlen, die bis zuallerletzt gelebt haben und dann gestorben sind.«

»Sehr interessant! Bitte erzählen Sie weiter. Ich werde meine Frau rufen.«

Er stand auf, öffnete die Tür zum Nebenzimmer und sagte zärtlich: »Komm zu uns, Liebste . . . Nein, das macht nichts, unser Gast wird dich entschuldigen.«

Eine Frau mit wirrem Haar, dem breiten Gesicht einer Russin und einem fülligen Leib ohne Korsett trat im Morgenrock ins Zimmer.

»Bitte erzählen Sie weiter.«

Alexej Petrowitsch legte in kurzen Worten, die auf weibliches Denken abgestimmt waren, den Grund seines Besuchs dar.

»Das ist doch einleuchtend«, sagte die Hausfrau und kratzte sich am Kopf. »In Amerika versichern sich die Leute seit langem. Wir sind rückständig.«

Bedruckte Blätter, handbeschriebene Blätter und Blätter mit leeren Stellen, die ausgefüllt werden mußten, glitten aus der Aktentasche direkt in Astaschews Hände. In einer Zahlenkolonne fand er sogleich eine Summe und stellte die Rechnung auf.

»Wie interessant, Liebste«, sagte der Hausherr, während er hier und da unterzeichnete, »einer von uns beiden wird für den Tod des anderen Geld bekommen.«

»Natürlich. Das ist sehr praktisch.«

Alexej Petrowitsch drückte hier und da ein Stück rosa Löschpapier auf die Unterschriften.

»Und von welchem Tag an?«

»Von dieser Minute an.«

»Hörst du, Liebste? Wie interessant! Schon sind wir versichert!«

Auch die Ehefrau unterschrieb, wo es notwendig war, und obwohl Astaschew protestierte, stellten sie ihm sofort einen Scheck aus. Er ordnete seine Akten, befestigte seinen Füllfederhalter an der Brusttasche und stand auf, um sich zu verabschieden. Sie bedankten sich lang und breit bei ihm, wollten ihn überreden, zum Essen dazubleiben, und gaben ihm die Adresse eines Freundes der Familie (»Der Onkel von Genia Sokolowa, mir scheint, Sie kennen sie!«): dieser habe schon seit langem den Wunsch...

Astaschew stand schon auf der Türschwelle, als er fragte, wann er den Arzt schicken könne.

»O nein, tun Sie das nicht, tun Sie das nicht«, rief der Hausherr flehentlich, »er wird alle möglichen Krankheiten bei uns finden . . . Nicht wahr, Liebste, das soll er nicht tun?«

Doch als Astaschew erklärte, ein ärztlicher Besuch sei unumgänglich, willigten sie ein, bedankten sich noch einmal und baten ihn, Iwan Stepanowitsch für seine beständige Anteilnahme an ihrem Ergehen zu danken.

Es war Zeit für das Mittagessen. Tag für Tag, auch am Sonntag, aß er in einem billigen, sauberen, anonymen Restaurant zu Mittag, wo man ihn gut kannte, wo zu seiner Rechten immer dieselben Südländer saßen, die üppig und mit großem Genuß speisten, und zu seiner Linken eine dünne Frau mit einer langen Nase und einem knallroten Mund. Er aß langsam und las dabei die Zeitung, an deren Rand er Zahlen notierte, schrieb etwas in sein Notizbuch, dachte nach; manchmal ließ er sich das Telefonbuch bringen, legte es auf den Tisch und blätterte langsam darin, zwischen zwei Gängen. Er trank nie Wein, man stellte ihm eine Flasche Mineralwasser hin. Zwei Worte über das Wetter zum Kellner, ein flüchtiger Blick auf die Frau mit der langen Nase (»Wer weiß, vielleicht ist sie seit gestern hübscher geworden?«), ein knapper Gruß an die Nachbarn. Fisch im Sud und eine Scheibe Braten, oder aber Braten und Dessert, Torte, Kaffee. Drei Zukkerwürfel in ein angeschlagenes weißes Täßchen. Nach dem Essen ging er und wusch sich die Hände, reinigte seine Fingernägel, fuhr sich mit einem Kamm durch das Haar und entfernte mit einer flachen Bürste, die er immer bei sich hatte, Schuppen und Krümel von der Hemdbrust. Dann ging er nach draußen, den Regenschirm und die Aktentasche in der Hand, einen anderen Weg und eine neue Adresse im Kopf. Auf diesem städtischen Fließband, das weder Anfang noch Ende und keine Pause kennt, ist Astaschew unterwegs, auf ihm kreist er, bewegt sich weiter wie eine Schraube, wie eine Schraubenmutter, und diese Hetze kommt ihm so natürlich vor, wie es ein Baum natürlich findet, sich nicht von der Stelle zu bewegen.

»Gestatten Sie.«

Doch er wurde nicht hereingelassen. Im Türspalt funkelte ein Auge, eine Männerstimme sagte: »Ja, ich bin es. Und wer sind Sie?«

»Ich bin schon einmal vorbeigekommen, aber Sie waren nicht zu Hause. Ich . . .«

»Verkaufen Sie Bürsten? Nähmaschinen?«

Alexej Petrowitsch versuchte sich mit der Schulter Eintritt zu verschaffen.

»Ich erleichtere, was Sie am meisten bedrückt. Ich versichere das Leben.«

Die Tür gab etwas nach und wurde sofort wieder zugeschoben, so daß der Regenschirm drinnen blieb, die Aktentasche dagegen draußen.

»Verschwinden Sie!« Der Mann drinnen ließ etwas Metallisches klappern, vielleicht ein Schlüsselbund. »Versichern Sie zufällig auch *gegen* das Leben?«

»Wie das, gegen das Leben?« Astaschew war verblüfft, und ein Gedanke blitzte in ihm auf: ob so etwas tatsächlich möglich war?

»Zum Teufel mit Ihnen!« schrie der Mann und drückte die Tür immer fester zu. »Ich pfeife darauf! Sie machen mir keine Angst! Ich suche eine Versicherung *gegen* das Leben, gegen dieses höllische Leben.«

»Erlauben Sie, damit habe ich nichts zu tun. Ich muß Ihnen nur etwas sehr Wichtiges mitteilen.«

»Daß wir krepieren müssen? Um so besser, ich wünsche mir nichts anderes.«

»Aber die Frau, die Kinder«, stotterte Alexej Petrowitsch und versuchte sich aus dem Spalt zu befreien. »Sie werden sie im Elend zurücklassen . . .«

»Die Frau, die Kinder?« schrie die hysterische Stimme. »Die blöde Alte, damit sie sich einen jungen Liebhaber hält? Die kleinen Halunken, damit sie es beim Pferderennen verwetten? Verschwinden Sie, ich brauche Sie nicht.«

»Noch nie hat mir jemand . . .«

»Fort mit Ihnen, fort!«

Astaschew fühlte, wie etwas Schweres gegen seine Brust drückte und ihn wegschob; er bot alle seine Kräfte auf und sprang gerade noch rechtzeitig zur Seite, bevor die Tür vor seinem rosigen Gesicht zuschlug, so fest, daß das ganze Haus erbebte.

»Schon morgens unterwegs, diese Nichtstuer«, kreischte die Stimme hinter der Tür, »Staubsauger, Schreibmaschinen, Enzyklopädien!«

Astaschew spuckte aus und traf die Tür knapp über dem Schloß.

»Asiate!« sagte er mit lauter Stimme. »Mongole!«

Und ohne Eile öffnete er, da es nieselte, seinen Regenschirm, machte sich auf den Weg und beruhigte sich, fand seine Gelassenheit wieder. Und schlagartig fiel ihm ein anderer Ort, ein anderer Name ein. Er hatte noch eine Verabredung an diesem Tag. Die interessanteste von allen, die ihn erwarteten . . .

Doch bevor er sich an den Ort der Verabredung begab, zu dem Bildhauer Engel, wo er schon zweimal gewesen war, ohne daß es ihm gelungen war, einen Abschluß herbeizuführen, beschloß er, den Sitz der Versicherungsgesellschaft, für die er arbeitete, aufzusuchen, was er in der Regel jeden Tag tat, am liebsten gegen Abend.

Der riesige Raum, in dem etwa zweihundert Angestellte arbeiteten und sich gewöhnlich nicht weniger als hundert Kunden drängten, war durch ein Gitter geteilt, das zahlreiche Fenster mit jeweils einer Nummer und einer Aufschrift enthielt. Nachdem Astaschew ein paar

Hände geschüttelt, jemandem einen leichten Schlag auf die Schulter gegeben und selbst einen solchen Schlag erhalten hatte, ging er zum Schalter Nr. 53, der das Schild mit der Aufschrift »Todesfälle« trug. Astaschew, der die französische Sprache inzwischen gut beherrschte, wußte jedoch, daß der Angestellte hinter diesem Schalter, ein älterer Mann mit Schnurrbart und steifem Kragen, das Wort »Todesfall« nie aussprach, sondern das Wort »Ende« benutzte, das im Ohr des Kunden längst nicht so unangenehm klang.

Nachdem er die Formalitäten für die beiden an diesem Tag getätigten Abschlüsse erledigt, den Besuch des Arztes angefordert, die notwendigen Formulare, die die himmelblauen Blätter mit den Verzierungen ergänzten, erhalten und sich die üblichen Komplimente angehört hatte – »Im Laufe des hundertjährigen Bestehens unserer Firma hat es keinen so guten Verkäufer gegeben wie Sie!« –, erfuhr Astaschew unter anderem vom Tod eines Kunden, den er vor etwa acht Jahren versichert hatte. Er versprach, gleich am nächsten Tag das Haus dieses Mannes aufzusuchen, forderte bei einem Fräulein hinter dem Schalter »Todesfälle« das Dossier des Verstorbenen an, und während sie in dem dicken Ordner nach einem der ersten von seiner Hand ausgefüllten Verträge suchte, plauderte er mit dem Angestellten am Nebenschalter, dessen Fenster die Aufschrift »Unfälle« trug.

Schon um fünf Uhr war er bei Engel.

In feuchte Tücher gehüllte Lehmblöcke, ein steinerner Torso auf gespreizten Beinen, das soeben in Bronze gegossene, eckige Gesicht eines berühmten Boxers mit gedrungenem Nacken und einem viel zu großen Ohr füllten das kühle Atelier mit der hohen Decke, in das ihn Engel hineinbat, ein kleiner, dünner Mann in einem langen weißen Kittel, der – ohne Bart und ohne Augenbrauen – wie ein Japaner aussah.

»Ich habe Sie erwartet, ich habe Sie ungeduldig erwartet«, sagte er, wobei er seine schmalen, grünlichen Lippen verzog und einen Mund voll regelmäßiger, kräftiger Zähne zeigte, die seinem kleinen, zarten Gesicht etwas Spitzes verliehen. »Ich war so beeindruckt von der Art und Weise, wie Sie mir das letzte Mal den Grund Ihres Besuchs erklärt haben, daß ich den Wunsch hatte, Ihnen noch einmal zuzuhören. Sie haben auf eine so sonderbare Weise gesprochen, als wären Sie aus dem Jenseits gesandt worden, um die Sterblichen an diese Dinge zu erinnern. Sprechen Sie mit allen Menschen so? An dem Tag konnte ich leider nicht recht zuhören, jemand saß für mich Modell, *dafür* . . .« Er strich mit seiner Kinderhand über den Steinblock: es war unvorstellbar, wie dieser Riese bei ihm gelandet war, ohne ihn zu erdrücken. »Seit jenem Tag habe ich viel darüber nachgedacht, es passierte mir zum ersten Mal, daß ich darüber nachdachte. Und es ist mir klargeworden, daß ich, falls ich bei meiner Überzeugung bliebe, daß es dort oben nichts gibt, nicht mehr leben könnte. Rauchen Sie?«

»Ich rauche nicht, und ich philosophiere auch nicht«, sagte Astaschew und tauschte den wackligen Hocker, auf den er sich wer weiß warum gesetzt hatte, gegen das weiche Stoffsofa, das in einer Ecke des Ateliers stand. »Das letzte Mal haben wir über zweihunderttausend gesprochen. Da Sie noch verhältnismäßig jung sind, scheint mir dies eine angemessene Summe.«

»Gut«, antwortete Engel nachdenklich und strich sich mit zwei Fingern kräftig über seine schmale gelbe Stirn. »Aber das ist nicht so wichtig. Wichtig ist die Tatsache, daß Sie zu mir gekommen sind, um vom fünften Akt zu sprechen, vom Vorhang, vom Finale, von der Tatsache, daß alles ein Ende hat, mit all Ihren – ehrlich gesagt, geschmacklosen – Metaphern: *das* ist wichtig, und es hat für mich allergrößte Bedeutung. Sie sind mir unentbehrlich geworden. Ich habe den Eindruck gewonnen, daß Sie mir helfen könnten, diesen grauenhaften Gedanken bis zum Ende zu denken.«

»Sie schmeicheln mir.«

»Sie haben etwas Schockierendes . . . Doch davon später, sprechen wir zuerst von mir, denn da ich seit mehreren Nächten nicht schlafe und seit zwei Wochen überhaupt nicht mehr arbeite, habe ich begonnen, an allem zu zweifeln, und bin zu dem Schluß gelangt, daß es, wenn es *hier* etwas gibt, auch im *Jenseits* etwas geben muß. Anders gesagt: Es kann nicht sein, daß es ein *Jenseits* nicht gibt, wenn es ein *Hier* gibt. Meine Überzeugungen sind ins Wanken geraten, und das hat mir ein wenig Erleichterung verschafft.«

»Verzeihen Sie mir«, rief Astaschew und lächelte sein aufrichtigstes Lächeln. »Aber was sollte es im *Jenseits* geben? Sie sind keine sechzehn mehr, Sie sind erfahren, Sie haben gelebt, wahrscheinlich sind Sie sogar ein Libertin – ich will Sie damit nicht beleidigen! Wie kann man auch nur daran zweifeln, daß es im *Jenseits* nichts gibt? Und was haben Sie *hier* vorgefunden, das Sie zu einem Irrtum über das *Jenseits* veranlaßt hat? Köstliche Speisen, junge Frauen, Schönheiten der Natur, Komfort und eine gesicherte Existenz.«

»Nein, es gibt noch etwas anderes«, sagte Engel mit Nachdruck und blickte Astaschew aufmerksam an.

»Auf mein Wort, ich sehe es nicht. Und glauben Sie mir, wenn ich sage ›köstliche Speisen‹, meine ich raffinierte Gerichte, nicht Schlemmereien, die einen krank machen. Und was die Frauen angeht, so hat es eine Zeit gegeben, in der man rot wurde, schwitzte und seufzte – ich denke da nicht einmal besonders an mich –, während heute allen klar ist, was man von der Liebe zu halten hat. Sogar die Frauen haben es begriffen. Und wenn nicht, um so schlimmer für sie.«

»Nein, das ist nicht alles. Ich weiß es selbst nicht, aber irgend etwas gibt es. Es kann nicht anders sein.«

»Die Kunst? Die Literatur? Die haben wir ebenfalls praktiziert. Bis zum Morgengrauen haben wir gelesen, wir haben uns für Politik interessiert – ich, nebenbei bemerkt, nie. Auch dadurch haben wir etwas verstanden, haben gelernt. Und was bleibt?«

Engel trat ans Fenster und blickte in die Dämmerung des Septembernachmittags . . .

»Aber wie kann man leben, wie sterben mit solchen Gedanken im Kopf?«

»Wie man leben kann? Hören Sie mir zu. Heute morgen habe ich einen Kunden besucht. Auf dem Bürgersteig wollte ein Köter eine kleine Hündin besteigen. Und wissen Sie, was ich mir gesagt habe? Wie einfach das Glück doch ist!«

Er lachte. Engel kam zum Sofa zurück, drückte seine Zigarette auf einer Untertasse aus und sagte langsam: »Aber was soll der tun, der sich damit nicht begnügen kann?«

»Er muß versuchen, so gut es geht, sein Leben in die Hand zu nehmen, Maßnahmen zu ergreifen. Auf sich achten, arbeiten, leben wie alle anderen. Sich versichern. Der Staat verläßt sich auf Menschen wie mich und Sie, ganz bestimmt nicht auf Träumer und Gescheiterte. Es ist die gemeinsame Pflicht aller vernünftigen Menschen, das Leben und den Tod zu erleichtern.«

»Nein, das ist nicht genug.«

Astaschew warf einen blitzschnellen Blick auf die Uhr unter seiner Manschette, nahm ein Buch in die Hand und legte es wieder an seinen Platz.

»Mein Ziel ist bescheiden«, sagte er, als wollte er sich entschuldigen. »Die Menschen daran zu erinnern, daß das Unvermeidliche geschehen wird und daß man sich auf die vorteilhafteste und bequemste Weise darauf vorbereiten muß.«

Engels Schlitzaugen blickten mit einer eigenartig traurigen Hoffnung in Astaschews rundes, glattes Gesicht. Beide schwiegen.

»Ich kann mir vorstellen«, sagte Engel, jetzt wieder etwas distanzierter, »daß Sie viele Erfahrungen im Umgang mit Menschen haben. Sicher fällt es Ihnen leicht, einen Menschen dahin zu bringen, daß er sich unbehaglich fühlt. Sie sollten Ihre Memoiren schreiben. Tun Sie das vielleicht schon?«

Astaschew richtete sich auf.

»Ich bin sehr anspruchsvoll, was Literatur betrifft«, sagte er würdevoll. »Wenn ich Schriftsteller geworden wäre, hätte ich die Tiefen der menschlichen Seele ergründet und etwas auf halbem Wege zwischen Tolstoi und Dostojewski zuwege gebracht, allerdings auf französisch.«

Wieder schwiegen beide. Astaschew, der die ganze Zeit versucht hatte, in seinen Gedanken einen verlorenen Faden wiederaufzunehmen, fand endlich die Worte, nach denen er suchte.

»Gestatten Sie mir, Bilanz zu ziehen: Sie sind ängstlich, verwirrt. Was Sie nicht davon abhält, an die praktische Seite des Problems zu denken. Heute habe ich alle notwendigen Unterlagen mitgebracht; da Sie noch keine vierzig Jahre alt sind, ist nicht einmal eine ärztliche Untersuchung erforderlich. Eine Analyse reicht, und falls keine Spuren von Zucker vorhanden sind ...«

»Hören Sie«, sagte Engel mit kindlichem Erstaunen, »warum sollte ich mich versichern? Ich lebe allein, ich habe keine Frau, keine Kinder, keine Neffen. Ich lebe, ich arbeite, ich verkaufe. Ich gebe denen Geld, die keines haben und mich darum bitten, einen Anzug trage ich vier Jahre, und ich esse ausschließlich Gemüse. Ich habe nicht die Absicht, mich versichern zu lassen.«

Astaschew erhob sich brüsk, mit einem Satz.

»Gestatten Sie«, sagte er mit lauter, ärgerlicher Stimme. »Ich bin zum dritten Mal bei Ihnen und stehe Ihnen Rede und Antwort. Meine Zeit ist kostbar. Warum fordern Sie mich auf wiederzukommen? Wenn es nicht wegen der Versicherung war, hätten Sie es mir gleich sagen können. Sie begehen eine große Dummheit: Sie sind jung und gesund, Sie können sich für die ganze Zeit, die Sie noch zu leben haben, versichern.«

»Seien Sie nicht böse, ich bitte Sie«, sagte Engel und kehrte Astaschew den Rücken zu. »Ich habe Sie gebeten wiederzukommen, weil ich den Eindruck hatte, als wüßten Sie etwas. Doch wahrscheinlich ist Ihnen nicht einmal bewußt, was Sie da überall erzählen. Sagen Sie mir nur eins: Was glauben Sie, wie wird es geschehen?«

Astaschew war bereits im Flur und zog sich den Mantel an.

»Wie bei einem gejagten Hasen, wie bei einer Fliege im Glas«, sagte er gereizt. »Ich bin ein Selfmademan, diese Einzelheiten gehen mich nichts an.«

Astaschew nahm Schirm und Aktentasche, setzte seinen Hut auf und ging ohne ein weiteres Wort hinaus. Engel trocknete seine feuchten Hände mit einem Taschentuch und trat ans Fenster, um ihm nachzusehen. Das Atelierfenster ging auf den Platz hinaus, und er sah, wie Astaschew aus dem Haus trat, ein Taxi anhielt, einstieg und davonfuhr.

Der Tag neigte sich dem Ende zu. Im Haus von Klawdia Iwanowna war der Fahrstuhl wie üblich außer Betrieb. Astaschew trank Tee, während sie strickte. Das Thema an diesem Tag war die Politik, und Aljoscha suchte Maman zu erklären, daß das Proletariat aus übelriechenden Menschen bestand. Dann ging er fort, und als er bei Xenia Andrejewna läutete, war er wieder ruhig und guter Laune.

»Mamenka«, sagte er, während er kaltes Kalbfleisch aß, in einem Moment, als der Admiral und der Gouverneur ihn nicht hören konnten, »gestern, nachdem ich Sie verlassen hatte, bin ich mit zwei Cancan-Tänzerinnen bis spät in die Nacht im Tabarin gewesen. Ich habe ihnen Kaviar und Champagner spendiert. Geben Sie mir für alle Fälle die Adresse von Dr. Merkulow. Aber wir sind als gute Freunde auseinandergegangen.«

Sie schüttelte mit unverhohlenem Vergnügen den Kopf und antwortete mit ihrer tiefen, heiseren Stimme: »Geh mir aus dem Weg, Totengräber! Du hast den Geruch deiner Leichen.«

3

Er hatte vor zwei Jahren ihre Bekanntschaft gemacht. Sie wohnte mit zwei alten Tanten im selben Haus wie Xenia Andrejewna, jedoch in einem Stockwerk weiter unten, und einmal war sie hereingekommen, um ihr zu sagen, sie solle Wjasminitinow, falls er käme, sofort zu ihnen nach unten schicken, denn sie hätten gerade Besuch gehabt von jemandem, der vor nicht langer Zeit seinen Sohn in Moskau gesehen habe – kurz, sie war nach oben gekommen, um eine Nachricht zu hinterlassen. Maman hatte sie nicht einmal angesehen: »Gut, ich werde es ihm ausrichten.«

Doch als Wjasminitinow kam, hatte sie Genia bereits vergessen, und so mußte diese am nächsten Tag wieder nach oben gehen. Sie bat nachdrücklich um Entschuldigung für die Störung und hinterließ ein Briefchen für Wjasminitinow. Auch diesmal war Astaschew zugegen. Er erhob sich, begrüßte Genia und fragte sie, ob sie das beliebte Theaterstück gesehen habe, in dem eine Schauspielerin mit einer stupenden Brust auftrete. Genia errötete, ihre Augen funkelten streng, und sie antwortete, am Abend habe sie immer zu tun.

»Und was ist mit dem Kino?« fragte er, während er sie aufmerksamer betrachtete.

»Oh! Dorthin gehe ich jeden Tag«, antwortete sie. »Ich arbeite als Kassiererin.«

Sie trug ein blaues Wollkleid mit Knöpfen, die in einer Bahn vom Kragen über den mageren Brustkorb bis zur Taille liefen.

»Wissen Sie, daß diese Knöpfe wirklich sehr originell sind?« sagte Astaschew und wollte einen berühren. Sie wich zurück, ihre hellbraunen Augen verfinsterten sich, und sie entfernte sich und steckte im Gehen Strähnen ihres goldschimmernden blonden Haars im Nacken fest.

Ganz plötzlich war ihm aufgefallen, daß sie schlank und zart war, wohlproportioniert, und eine hohe Taille und lange, gerade Beine hatte.

»Ihre Mutter ist in zweiter Ehe mit Graf Loderer verheiratet«, erklärte ihm Xenia Andrejewna. »Ihre Tanten sind halbverrückt und halten sie schrecklich kurz. Und sie ist unschuldig, ich würde meinen Kopf dafür hinhalten, daß sie Jungfrau ist. Unglaublich, aber wahr.«

Eine Woche darauf begegnete er ihr im Eingang. Er war auf dem Weg nach Hause, sie kam von der Arbeit zurück.

»Haben Sie darin die Einnahmen?« fragte er und zeigte auf ihr schwarzes Täschchen.

»Nein«, antwortete sie, »das Geld gebe ich jeden Abend dem Besitzer, er kommt und holt es ab.«

»Oh, wie schade! Sonst hätte ich Sie in einer Gasse überfallen.«

Sie lächelte verlegen.

»In der Kasse, ich weiß auch nicht warum, habe ich einen Revolver«, sagte sie vertraulich. »Ich weiß nicht, warum er da ist, ich kann gar nicht schießen.«

»Sind es denn manchmal große Summen?«

»Nein, eben nicht. Ich glaube, jemand hat ihn einfach vergessen oder ihn sich vom Halse geschafft. Seit einem Jahr liegen dort auch fünf Handschuhe, alle für die rechte Hand, zwei Schlüsselbunde, eine Puderdose, ein Feuerzeug und eine Brosche mit einem falschen Stein. Und sie bleiben dort.«

»Hätten Sie Lust, einen Spaziergang zu machen? Es ist noch früh, und es ist ein schöner Abend.«

»Nein«, antwortete sie, »ich werde zu Hause erwartet.«

Und als hätte sie ihm noch etwas zu sagen, reichte sie ihm ihre schmale, in Wildleder gehüllte Hand.

»Sie wollen doch nicht sagen, daß Sie keinen Flirt haben und immer pünktlich nach Hause kommen?«

»Ich habe keinen Flirt, und ich habe nie einen gehabt«, antwortete sie und ging davon.

Wie hübsch sie ist, wirklich hübsch! Freundlich, unschuldig, schlank, jung; sie hat einen fröhlichen Blick und eine traurige Stimme, eigenartig, daß sie noch nicht verheiratet ist. Sie muß knapp unter dreißig sein, dachte er unterwegs. Doch am Tag danach hatte er sie vergessen, und als er ihr einen Monat später auf der Treppe erneut begegnete, hätte er sie fast nicht wiedererkannt.

Er hatte sich umgedreht, und sie ebenfalls, im selben Augenblick, und beide waren in der Dunkelheit stehengeblieben.

»Kommen Sie von der Arbeit? So spät?«

»Immer um die gleiche Zeit, gegen Viertel vor elf.«

»Auch morgen, jeden Tag?«

Sie schien sich plötzlich seiner Fragen bewußt zu werden, verstummte und sah ihn mit einem abwesenden Blick an.

»Sie sind hübscher geworden«, sagte er, »in all der Zeit, die wir uns nicht gesehen haben. Wie geht es den Knöpfen? Alle an ihrem Platz? Haben Sie immer noch keinen Flirt?«

Unversehens öffnete sie ihren breiten, geschminkten Mund, ließ eine Reihe weißer, regelmäßiger Zähne sehen und sagte mit ernstem Gesicht: »Wenn man Sie nicht zählt.«

Sie verschwand im Dunkel des Treppenhauses, und als er das Licht anmachte, waren ihre Schritte nicht mehr zu hören. Eine Tür fiel ins Schloß.

Er begegnete ihr jeden Abend, nicht mehr im Treppenhaus, sondern auf der Straße. Sie unterhielten sich ein paar Minuten: ein Gesprächsthema fanden sie immer. Er begleitete sie bis zur Haustür, während er zuhörte, wie sie von ihrer Arbeit, ihren Tanten, ihrer Mutter und ihren Freundinnen erzählte.

»Sind sie hübsch?« fragte er, und sie antwortete: »Nicht besonders. So wie ich.«

»Da Sie jeden Abend zu Xenia Andrejewna gehen«, sagte sie eines Tages mit einem verlegenen Lächeln, »nehme ich an, daß auch Sie im Augenblick keinen Flirt haben – wenn man mich nicht zählt.«

Er antwortete mit unerwarteter Offenheit: »Nein, ich habe keinen Flirt, aber ich kenne eine Frau, die ein Miedergeschäft hat, natürlich ist sie Französin. Zu ihr kann man sogar um Mitternacht gehen, früher ist bei ihr übrigens gar nichts zu machen. Doch wahrscheinlich werde ich sie bald satt haben. Sie kennen die Männer nicht, wir sind schreckliche Schweine. Aber natürlich liebt ihr uns gerade deshalb.«

Sie war mit entschlossenen Schritten zur Haustür gegangen, und als sie sich mit bleichem Gesicht von ihm verabschiedete, teilte sie ihm mit, am nächsten Tag begännen ihre Ferien.

»Wie das, mitten im Winter? Wohin fahren Sie?«

»Nirgendwohin. Muß man denn unbedingt wegfahren?«

Dann zogen die Tanten um. Er erkundigte sich nie nach Genia, doch hin und wieder kam sie ihm in den Sinn, wie eine schwache, zarte, wilde, beinahe durchsichtige und ein wenig giftige Pflanze. Schließlich vergaß er sie.

Die Tante, die das Geld besaß, starb, aber Genia und die andere Tante kamen nicht an das Erbe heran. Monate vergingen, das Leben wurde schwierig. Es gab Streit, die Angelegenheit sollte vor Gericht gebracht werden, es war kein Testament gefunden worden. Das Leben hatte sich völlig verändert, es war armselig und grau geworden. Genia hatte sich immer von ihrer Arbeit ernährt, doch jetzt mußten sie zu zweit mit ihrem Lohn auskommen. Außerdem war die am Leben gebliebene Tante von schwacher Gesundheit und ständig krank, und es gab niemanden, den sie um Hilfe bitten konnten, denn die Tante war die Schwester von Genias Vater und seit Jahren mit Genias Mutter verfeindet.

Tagsüber und am Abend saß Genia an der Kasse des kleinen vornehmen Kinos; die Besucher sahen von ihr nur ihre Hände, die schmalen Finger mit den langen, dunkelrot lackierten Nägeln und dem Ring mit einem in Platin gefaßten Achat. Manchmal bückte sich jemand, wenn er ein Billett kaufte, um sie zu sehen, blies seinen Atem durch die Öffnung der Glasscheibe und blickte ihr ins Gesicht. Aber sie hob nie den Kopf. Sie schrieb mit dem Bleistift etwas auf, riß ein grünes Billett ab, gab den Rest in Silber- oder Kupfergeld heraus, das sie aus einer kleinen Schachtel nahm. Viele Blöcke mit Eintrittskarten gingen durch ihre Hände. Dutzende von Blöcken, die sie sorgfältig in der Schublade aufbewahrte, in derselben Schublade, in die sie fünf einzelne Handschuhe, eine Puderdose und ein Feuerzeug gelegt hatte. Und manchmal schlich sich, heimlich wie eine Katze, die Hoffnung an sie heran, Astaschew möge überraschend kommen, nicht ihretwegen, nicht zu ihr, sondern einfach nur, um als Zuschauer ins Kino zu gehen und das Billett bei ihr zu kaufen. Dann würde sie ihn grüßen und ihm durch das kleine, niedrige Fenster des Kassenschalters die Hand reichen.

Jetzt wohnte sie weit entfernt, auf der anderen Seite der Seine, und so konnte es nicht mehr geschehen, daß sie ihm am Abend begegnete. Sie erinnerte sich an diese Begegnungen, bei denen er, wie es schien, auf sie gewartet hatte, wie an eine Tollheit, wie an unauslöschliche Begebenheiten. Sie mußte daran denken, wie lange sie nichts von ihm gehört hatte. Ging er noch zu Xenia Andrejewna, war er noch mit der Besitzerin des Miedergeschäfts befreundet? Lächelte er noch wie früher, so offen und fröhlich, war er immer noch so gut gekleidet und etwas dicklich? Sie war so traurig, wenn sie morgens verschlafen und mit Ringen unter den Augen im Morgenrock neben der kochenden Kaffeemaschine stand, daß sie den Entschluß faßte, ihm einen Brief zu schreiben, dessen ersten Satz sie, von *Eugen Onegin* inspiriert, bereits formuliert hatte: »Nicht ich sollte Eugenia heißen, lieber Alexej, sondern Sie Eugen, denn ich bin es, die Ihnen, genau wie Tanja Larin, diesen Brief schreibt.«

An einem solchen Morgen wußte sie plötzlich, daß sie ihm nie schreiben, ihn nie bitten würde, ihr seine Zuneigung oder seinen Namen zu schenken. »Doch was soll ich tun, was sonst kann ich tun?« fragte sie das große trübe Fenster, durch das im Winter die Kälte drang und im Sommer der warme, betörende Duft der Sträucher im Garten des Nachbarhauses, der tief unten zu sehen war wie auf dem Grund eines Brunnens.

Es waren Tage von träumerischer Melancholie oder banger, ruheloser Langeweile, wenn Astaschews Stimme, sein Gang, seine ganze Erscheinung noch süßer und immaterieller in ihren Gedanken aufblitzten, um gleich wieder zu verschwinden, während sie, erschöpft, allein blieb. Sie hatte kein eigenes Zimmer, sie schlief im Eßzimmer, in dem Raum nebenan schlief die Tante – das war jetzt ihre ganze Wohnung. Genia machte nie Besuche und lud nie jemanden zu sich ein, denn für Gespräche hatte sie keine Zeit, und außerdem war sie nicht dazu fähig. Mit der Zeit stellte sie sogar die Besuche bei ihrer Mutter ein, denn sie hatte das Gefühl, sie zu stören, und mit der Zeit verlor sie ihre Freundinnen aus den Augen. Kein Zweifel: sie war eine arme, einsame Frau, das

Schicksal hatte sie zu einem trostlosen Leben ohne Glück, ohne Leidenschaften verdammt; ihre natürliche Anmut, die Mandelaugen, das Gold ihres glatten, duftigen Haars und die schlanken Beine, die sie gern in dünne Strümpfe und in Wildlederschuhe kleidete, aber so, daß der Flaum und ein Muttermal an der Fessel zu sehen waren – all das schien irgendwie fehl am Platze zu sein.

Die dicke alte Frau, die sich nur mit Mühe bewegte, gedemütigt durch den Streit um das Erbe und ein bequemes, müßiges Leben gewohnt, sagte manchmal tagelang kein Wort. Genia schrieb für sie Briefe an Anwälte und Notare, brachte ihr das Essen ans Bett oder zum Sessel und ging dann zur Arbeit; wie im Traum sah sie die Schlange ständig wechselnder Menschen vor sich, die gekommen waren, um sich zu zerstreuen – so vergingen die Tage, und sie dachte, daß dies das Leben sei und daß ihr noch Schlimmeres hätte widerfahren können.

Fast ohne darüber nachzudenken – später wußte sie selber nicht, wie es dazu gekommen war –, faßte sie, obwohl sie Astaschew seit eineinhalb Jahren nicht mehr gesehen hatte, an einem Herbsttag den Entschluß, Xenia Andrejewna einen Besuch abzustatten. An der Kinokasse ließ sie sich an diesem Abend vertreten. Wie immer trug sie ihr blaues Wollkleid, und ohne zu wissen, was sie sich davon erwartete, ohne sich diesen Entschluß erklären zu können, begab sie sich wieder in die Straße, in der sie früher einmal gewohnt hatte. Das Haus kam ihr völlig fremd und düster vor, der Eingang weckte zahllose Erinnerungen in ihr. Doch war nie etwas vorgefallen, er hatte ihr nie etwas Entscheidendes gesagt, noch hatte sie seine Worte nötig. Sie stieg die Treppe hinauf, und schon im Flur hörte sie seine Stimme. Ein Vorwand, mit dem sie ihren Besuch rechtfertigen könnte, war ihr noch nicht eingefallen.

Es war auch nicht notwendig. Xenia Andrejewna befand sich in einem Zustand nervöser Erregung und nahm sie so fest und lange in den Arm, daß sie fast erstickte. Außer Astaschew waren zwei Besucher zugegen, die Genia nicht kannte.

»Genetschka Sokolowa«, sagte Astaschew, »darf ich Ihnen Likör mit Senf anbieten?«

Die Gegenwart des Mädchens löste eine wilde Freude in ihm aus.

Sie trank mit kleinen Schlucken und lächelte, benommen von dieser Stimmung, in der es sich atmen ließ wie nirgendwo sonst auf der Welt. Es war etwas Anziehendes an dieser alternden, aber noch ungebeugten, geschminkten, in Seide gehüllten Frau, und auch an den beiden Männern, die, augenscheinlich von ihrem provozierenden Gehabe angesteckt, ihr auf grobe, feurige Weise den Hof machten, und schließlich war auch an Astaschew etwas Besonderes, an Aljoscha Astaschew, wie sie ihn bei sich nannte, etwas unversehens Nahes, Entschlossenes, das ihrem Schicksal eine Wende geben würde.

»Nun, wenn Ihnen tatsächlich etwas daran liegt, dann erzählen Sie doch«, sagte er, wobei er vergaß, daß er selbst sie soeben aufgefordert hatte zu erzählen, wie sie die ganze Zeit hindurch gelebt hatte. Doch sie schwieg; ihr bleiches Gesicht leuchtete, als sie in seine runden blauen Augen sah.

»Nur Kinder und sehr alte Menschen haben blaue Augen wie Sie«, sagte sie liebevoll.

»Das hat man mir schon millionenmal gesagt.« Seine Zähne blitzten, und sie bemerkte, daß er einen neuen goldenen Backenzahn hatte.

»Sagen Sie mir, mein hübsches Mädchen, haben Sie je einen Mann geküßt?«

»Nein«, sagte sie und schüttelte ihre goldenen Haare.

»Dann müssen Sie aber schön dumm sein!«

Beide lachten. Und plötzlich überkam sie das Verlangen zu weinen. Fünf Minuten lang rührte sie sich nicht, sie sagte kein Wort, während er ihr »eine ganz und gar wahrheitsgetreue Episode« aus seinem Leben erzählte, und obwohl es um eine Frau ging, war Genia zu sehr mit ihren eigenen Gedanken beschäftigt, um auf seine Worte zu achten.

Ich kenne ihn nicht. Warum liebe ich ihn? Weil er schön ist? Wahrscheinlich finde nur ich ihn schön, aber kann ich jemanden nur deshalb lieben, weil er schön ist? Sieh dir an, wie er sein Essen verschlingt, und wenn er wirklich ein schöner Mann wäre, hätte er längst geheiratet. Schöne Junggesellen gibt es nicht. Liebe ich ihn vielleicht, weil er mir Beachtung schenkt? Doch was für eine Beachtung? Einmal hat er die Knöpfe an diesem Kleid bemerkt, doch das will keineswegs heißen, daß er an mich denkt. Ich liebe ihn aus vielerlei Gründen: wegen seiner Grobheit, wegen seiner scheinbaren Niedertracht, wegen seines spitzbübischen Lächelns, wegen mancher seiner ungezogenen Gesten . . .

»Ich muß Ihnen gestehen, Genetschka, daß auch ich noch nie eine Frau geküßt habe.« Er machte eine schuldbewußte Miene. »Ich habe keine Zeit dazu gehabt. Zu etwas anderem schon, das will ich nicht leugnen, aber was Küsse angeht, nein, dazu habe ich nie Zeit gehabt. Meistens war ich in großer Eile. Und nun hören Sie zu, was ich Ihnen sage: Als ich sechzehn war, hatte die Köchin in ihrem Zimmer einen Wecker, der schrecklich laut klingelte, ein richtiges Getöse. Aber ich habe nicht einen Moment Zeit gehabt, um nachzusehen, ob er auf der Kommode, auf der Fensterbank oder einfach nur im Regal stand, das ist die Wahrheit! Das Leben ist kurz, und es gibt so viel zu tun!«

Und wenn dies das allerhöchste Glück wäre? dachte sie. Wenn es in Wirklichkeit keinen schöneren Augenblick gäbe als diesen, nie mehr, nie mehr?

»Wissen Sie, was interessant wäre?« sagte Alexej Petrowitsch. »Wenn wir irgendwohin gingen. Meinetwegen in das Kino, in dem Sie arbeiten. Wir nehmen die teuersten Plätze.«

»Nein, warum ins Kino gehen? Außerdem ist es spät. Und der Film, der heute gezeigt wird, ist nicht besonders gut.«

»Dann lassen Sie uns zur Ausstellung gehen. Ich bin noch nicht dort gewesen. Und Sie?«

»Ich bin mit der Tante dort gewesen, aber ich habe kaum etwas gesehen.«

»Mit der Tante? Dann gehen Sie heute mit dem Onkel. Aber auch heute werden Sie nichts sehen.«

Es war Herbst, und es war das Jahr der Weltausstellung, die Paris monatelang entstellte, bevor sie wieder verschwand, ohne Spuren oder irgendwelche Monumente zurückzulassen, nichts, bis auf die Erinnerung an eine Fülle funkelnder Lichter, ein wildes Durcheinander von Dingen und eine unübersehbare, wogende Menschenmenge.

Es war bereits Nacht, als sie über die Brücke gingen, von einer dichten, aus allen Richtungen herbeidrängenden Menge getragen – Astaschew hatte sich bei Genia eingehakt, damit sie sich nicht verloren –, den septemberlichen Mondhimmel über sich, an dem sich der Rauch des Feuerwerks langsam verzog; das Fest, das die Zuschauer eher verwundert als bewundernd zurückließ, näherte sich seinem Ende. Unter der Brücke floß die Seine träge dahin, von den beleuchteten Brunnen violett gefärbt, auf ihrer Oberfläche zitterten, funkelten, flimmerten und tanzten die Lichter; vom Ufer stiegen Raketen in die Luft, schwangen sich empor, trieben wie bunte Luftballons über den tiefen, schwarzen Himmel; Tausende von Ballons segelten, einer Milchstraße ähnlich, über den Himmel und verschwanden in ihm, die letzten nahmen Farbe und Form der Mondsichel an, die in der Nähe schwebte. Vom Eiffelturm drang eine metallische Musik herüber: ein Chor und eine Orgel, die so kreischte, daß es einem die Tränen in die Augen trieb. In der Ferne heulte eine Sirene, und von neuem ergoß sich das Gold der Feuerwerksraketen dort oben in der Luft, schmolz im Dunkel einer wandernden Wolke, die sich verirrt hatte.

Alles pulsierte: das Wasser unter der Brücke, die Menschenmenge am Ufer, die lichtdurchflutete Luft. Ein verirrtes Kind, ans Brückengeländer geklammert, weinte, ein Polizist versuchte, sich durch die wogenden Menschenmassen einen Weg zu ihm zu bahnen. Genia nahm den Rauch der Raketen und die von irgendwo herüberjammernde Musik tief in sich auf, und sie dachte, daß dieses Fest, dieser Wahnsinn, den sich irgend jemand ausgedacht hatte und der an diesem Abend explodierte, die Stadt in einen Ort verwandelte, wo es keine Traurigkeit gab und keine Seufzer, keinen Betrug und keine Engherzigkeit, keine Trennungen und keinen häßlichen Dekor von Ausflugslokalen, sondern nur noch die Poesie ihres Herzens – einem kleinen Boot ähnlich, das auf einem See aus Tränen des Glücks dahinfuhr.

Dann setzten sie sich in ein schwimmendes Restaurant, bis alle Lichter erloschen. Er lud sie ein, ihn zu Hause zu besuchen, und erklärte, die Russinnen seien gewöhnlich schreckliche Circen. Sobald eine Frau an ihnen vorbeiging, sah er ihr nach und ließ eine Bemerkung fallen.

»Ich habe einen sehr ausgeprägten Geschmack«, sagte er und trank durch den Strohhalm, den Hut im Nacken. »Im allgemeinen ziehe ich Dunkelhaarige den Blonden vor. Vor fünf Jahren hatte ich eine Blonde. Mein Gott, wie die mich an der Nase herumgeführt hat, wie die mich herumkommandiert hat! Wir Männer sind schreckliche Schweine, und Sie, Genetschka, haben noch sehr viel zu lernen. Ich stehe Ihnen gern als Lehrer zur Verfügung.«

Jetzt war es weniger ein Gefühl als eine deutliche Gewißheit: Dieser Abend würde sich nicht wiederholen, er würde einzigartig bleiben, sie mußte etwas tun, um ihn in die Länge zu ziehen, denn die Nacht und der nächste Morgen würden alles zerschlagen und zerstampfen, würden ihre Existenz vernichten. Sie fragte sich nicht länger, wie und warum sie ihn liebte – alles an ihm gefiel ihr, weckte ihre Sehnsucht nach ihm, angefangen bei seinem Namen bis zu seinem »russischen Wesen«, das kein französischer Ausdruck kaschieren konnte; und warum und wem sollte sie eine Erklärung, eine Rechtfertigung schuldig sein? Noch nie hatte sie mit einem Mann einen Abend wie diesen verbracht, in der Dunkelheit, an Deck eines unbeweglichen Schiffs – das zu einer Weltumsegelung hätte aufbrechen können, in märchenhafte Länder, es aber nicht tat –, eines Schiffs mit erloschenen Lichtern; ihr schien, sie könnten zusammen ein langes Leben von Verliebten leben, oder ein halbes Leben, oder auch nur ein Viertelleben, und dabei hatte sie nie den Wunsch gehabt, mit einem anderen Mann auch nur einen Tag zusammenzusein. Sie glaubte, ihm auf die eine oder andere Weise behilflich sein zu können, indem sie ihm unsichtbar und mutig zur Seite stand, und gemeinsam würden sie vielleicht etwas erreichen, was keiner von beiden allein zustande bringen konnte.

In tiefer Finsternis drängten die Menschenmassen jetzt zu den Ausgängen. Zusammen mit allen anderen gingen sie beide mit schnellen Schritten zur Metrostation. Sie mußte in die eine, er in die entgegengesetzte Richtung fahren.

»Gehen Sie mit mir ins Bett«, sagte er und hielt ihre Hand fest. »Niemand wird es erfahren. Seien Sie nicht so provinziell.«

Doch sie entzog ihm ihre Hand, stürzte die Treppe hinunter, blieb stehen, drehte sich um; ihr war eingefallen, daß er ihr nicht gesagt hatte, wann und wo sie sich wiedersehen würden; doch er war schon nicht mehr zu sehen, und von oben kam eine Menge müder, verschwitzter Menschen mit zerknitterter, verstaubter Kleidung auf sie zu. Sie folgten ihr auch in die Metro, sogar bis zu ihrem Haus, jemand folgte ihr hinein, stieg hinter ihr die Treppe hinauf – eine Etage höher. Doch als sie allein auf dem Diwan in ihrem Zimmer saß, wo es immer nach Essen roch, tropften ihr Tränen auf die Hände, und sie wußte nicht, wie sie sie auffangen oder aufhalten sollte. Zu grausam war die Begegnung mit diesem völlig fremden Mann gewesen, der wie Millionen anderer Männer war, den sie noch gar nicht kannte und der aus irgendeinem Grund ihre Phantasie beflügelte und die ganze Welt für sie überschattete. Sie sah in dieser Begegnung einen Wink des Schicksals, einen Befehl, den ihr das Leben gab, und sie drückte beide Hände an ihre Brust und flüsterte seinen Namen.

Es goß in Strömen, der Wind heulte, es war ein kalter, feuchter, trostloser Tag, typisches Herbstwetter, als er nach vier Tagen, die für Genia lang und qualvoll gewesen waren, zum Kino kam, um sie abzuholen. Es war kurz vor halb elf. Sie übergab dem Besitzer gerade die Einnahmen, die letzte Vorstellung lief noch. Astaschew schüttelte seinen Regenschirm und sagte mit ruhiger Stimme in Gegenwart des Besitzers: »Bonsoir, chérie.«

Vor Glück und Scham brachte sie kein Wort hervor,

zählte das Geld und die Billetts zu Ende, räumte zwei, drei Dinge weg, schloß die Lade ab, löschte das Licht an der Decke, während sie mehrmals zu ihm hinübersah und lächelte. Er stand mit dem Rücken zu ihr und betrachtete die Plakate an den Wänden.

Als sie auf die Straße hinaustraten, wartete dort ein Taxi auf sie.

»Wohin?« fragte sie. »Es ist schon spät.«

Er antwortete nicht, ließ sie einsteigen, und als sie Platz genommen hatten, sagte er schnell und schroff, ohne sie anzusehen: »Ich gehöre nicht zu denen, die sich in einem Auto umarmen lassen. Keine Angst. Erstens ist es zu beschwerlich, zu unbequem. Zweitens ... Wie fühlen Sie sich heute?«

»Wohin fahren wir?« fragte sie noch einmal, und ihr Blick fiel auf eine Flasche Champagner, die aus seiner Tasche hervorschaute.

»Genetschka, Genetschka«, sagte er gereizt, »Sie stellen zu viele Fragen.«

»Dich zu gewinnen war mein Leben ein einzig Pfand nur«, sagte sie leise und bedeckte ihr Gesicht mit den Händen. »Das ist aus *Onegin*.«

»Eine schöne Oper«, antwortete er und räusperte sich.

»Sie lieben Musik?« Ihr Gesicht leuchtete so freudig auf, daß es ihn erstaunte.

»Ja. Aber ich komme nur selten dazu, sie zu hören. Da wären wir.«

Sie stiegen aus. Um sich nicht von dem sintflutartigen Regen durchnässen zu lassen, lief sie los, um im Hauseingang Zuflucht zu suchen. Er zahlte, knöpfte den Mantel auf, steckte das Wechselgeld in seine Jackentasche, ging geradewegs auf sie zu, nahm sie in den Arm, schob sie in den Hausflur, küßte sie, packte sie an den Ellbogen, und ohne daß sie wußte, wie ihr geschah, drückte er sie wortlos an sich und schob sie die Treppe hinauf.

»Lassen Sie mich gehen, lieber Alexej Petrowitsch«, flüsterte sie. »Ich muß Ihnen etwas sagen, ich habe zu viel Angst. Ich werde ein andermal kommen. Ich werde keine Geschichten machen, ich werde nichts sagen. Lassen Sie mich los.«

Mit großer Geschicklichkeit bog er ihre Arme zurück und tat ihr damit weh; er küßte sie zweimal gierig auf den Mund und berührte ihre Brust. Sie griff nach seiner Hand, weniger, um ihm Einhalt zu gebieten, als um nicht zu fallen. Und indem sie sich so an ihm festhielt, betrat sie hinter ihm die Wohnung.

Als sie wieder herauskam, war es noch Nacht. Sie tastete im Dunkeln nach dem Lichtschalter und sah nach unten. Der Fahrstuhl war ganz in der Nähe, sie befand sich auf dem Treppenabsatz im ersten Stock. Also ging sie zu Fuß hinunter, öffnete die Tür zur Straße und blieb einen Augenblick stehen. Die wenigen Laternen gaben ein schwaches Licht. Niemand rechts und niemand links.

Sie machte sich auf den Weg. Auf der ganzen Strecke begegneten ihr nicht mehr als zehn Passanten, zwei Polizisten, ein paar Autos, ein großer, mit Blumenkohl vollbeladener Karren, der zu den Hallen fuhr. Sie lief fast eine Stunde. Auf der Brücke blieb sie stehen. Die Seine, vom Regen geschwollen, wirkte wie dickflüssiges Fett. Genia bekreuzigte sich und beugte sich über das Wasser. In diesem Augenblick raste jemand auf einem Fahrrad hinter ihr vorbei, und der Schatten des Radfahrers glitt über sie hinweg. Sie trat vom Geländer zurück und ging weiter. Als sie zu Hause ankam, sah sie, daß es vier Uhr früh war.

Sie nahm den Hut ab, behielt den Mantel jedoch an, ging auf Strümpfen leise in das Zimmer der Tante. Die alte Frau hatte einen schweren, regelmäßigen Atem. Genia näherte sich im Dunkeln dem Nachttisch, öffnete die Schublade und kramte darin, ohne zu finden, was sie suchte. Mit der Schublade in der Hand ging sie in die Küche, machte Licht und suchte wieder zwischen den Arzneimitteln: Strophantin, Aspirin, schließlich fand sie auch das Luminal. Aber das Glasröhrchen enthielt nur noch acht Tabletten. Daraufhin dichtete sie mit Hilfe von zwei Küchenhandtüchern und einem Brotmesser die Tür ab, machte das Licht aus und öffnete den Gashahn.

Herr! dachte sie, als sie vor dem Herd hockte und auf das vorhanglose Fenster starrte, hinter dem der feuerrote, niedrige und wie von Rauch verhangene Himmel schwer auf der Erde zu lasten schien. Wenn es dich gibt, Herr, dann mach, daß ich Angst habe, mach, daß ich mich eines Besseren besinne. Wenn es dich gibt und meine Seele es gewollt hat, dann mach, daß wenigstens mein Körper mich davon abhält, daß er sich wehrt, daß er sich und mich vor der Sünde rettet. Hilf mir, wenn es dich gibt, daß ich wenigstens so reagiere, wie es ein Tier tun würde.

Doch als Genia den zischenden Gummischlauch in den

Mund hielt, empfand sie plötzlich keinen Widerwillen mehr, nur den noch leidenschaftlicheren Wunsch zu sterben. Ihr zerschlagener Körper und ihr Bewußtsein verlangten beide nach Nicht-Sein, nach Finsternis. Vielleicht ging ihre Seele in diesem Augenblick, statt sich von ihrer Hülle zu lösen, eine noch engere Umarmung mit ihr ein, und es war eine Erlösung, davonzugehen unter dem Läuten der Glocken und den Explosionen der Feuerwerkskörper, in eine weiße Milchstraße hinein, die sich auflöste und entschwand. Die vollkommene Vereinigung, die absolute Übereinstimmung von Körper und Seele dauerte nur einen Augenblick. Mit bleierner Kraft schlug das Leben noch einmal in Genias Ohren, dann erstarb alles in einem Vergessen, in dem es keine Visionen mehr gibt.

4

»Ihr könnt mir gratulieren«, sagte Astaschew. »Heute habe ich ein Geschäft abgeschlossen, oder so gut wie, dem ich seit drei Wochen hinterherlaufe.«

Ein älterer Mann mit einem Schnurrbart und hohem Kragen ging auf ihn zu, und auch hinter den umliegenden Schaltern entstand Bewegung. Astaschew grüßte nach rechts und nach links.

»Das muß begossen werden«, sagte jemand.

»Allerdings! Noch heute! Und als ob es noch nicht genug wäre« – er stockte einen Moment –, »habe ich heute Beziehungen angeknüpft, von denen ich mir viel verspreche...«

»Meine Herren, er wird noch Direktor werden«, rief ein Kollege, der im Lichtkegel einer Lampe an einem Schreibtisch saß.

»Aber ich habe nicht den geringsten Wunsch, Direktor zu werden.« Astaschew lachte fröhlich. »Ich bin mit meinem Schicksal voll und ganz zufrieden.«

Er drehte sich auf dem Absatz um, ging zwischen den Tischen hindurch und bot links und rechts eigens zu diesem Zweck gekaufte Zigaretten an. Er entfernte sich mit leichten, sicheren Schritten, schlenderte durch die Straßen, betrachtete die Krawatten in den Schaufenstern. Es war kühl und bedeckt, doch er war an diesem Tag so erfüllt von sich, daß er weder dem schlechten Wetter noch den Frauen Beachtung schenkte.

Auf den Champs-Élysées, im achten Stock, in einem winzigen Büro, das nur mit einem leeren Schreibtisch, einem Stuhl für den Direktor und einem Ledersessel für den Besucher möbliert war, hatte er den Sohn des Geschäftsmanns kennengelernt, einen Russen, der das Russische nicht mehr konnte und der ihm versprochen hatte, seinem Vater im geeigneten Augenblick eine Versicherungspolice über eine Million zum Unterschreiben in die Hände zu spielen.

Astaschew hatte sofort den Ton eines erfahrenen Komplizen angeschlagen; er verstummte, sobald die Sekretärin mit den gezupften Augenbrauen und dem ockergelb gepuderten Gesicht auf ihren hohen Absätzen ins Zimmer trat. Und als ein berühmter Flieger unangemeldet hereinkam, ein hochgewachsener, in einen auffälligen Mantel gekleideter Mann, der soeben einen Vertrag für seine Mitwirkung in einem Film unterzeichnet hatte und dessen Anwesenheit das kleine Zimmer schlagartig so füllte, daß selbst die Stimmen einen anderen Klang annahmen, stand Alexej Petrowitsch auf, um sich zu verabschieden.

»Willst du dich nicht versichern?« fragte der Direktor den Flieger. »Du wirst wahrscheinlich vor allen anderen ins Gras beißen. Es ist wirklich sonderbar, daß du dir noch nicht den Hals gebrochen hast.«

Der Flieger warf zwei riesige helle Handschuhe auf den Tisch.

»Unsere Gesellschaft versichert uns«, sagte er mit einem flüchtigen Blick auf den Agenten.

»Das ist doch kein Hindernis«, warf Astaschew ein.

»Dies ist weder der Ort noch die Zeit, um darüber zu sprechen, doch lassen Sie sich von mir sagen, daß Ihre Gesellschaft Sie pflichtgemäß und pauschal versichert, was Sie keinesfalls daran hindert, sich individuell zu versichern. Es ist immer angenehm, im eigenen Namen zu handeln. Auch scheint es mir angenehmer, auf eigener Gefahr ins Paradies zu reisen statt als Gruppenreisender.«

»Dummheiten! Für diesen Individualismus muß man astronomische Summen zahlen.«

»Wer fliegt, zahlt nur elf Prozent mehr als derjenige, der auf der Erde kriecht.«

Der Direktor brach in Lachen aus.

»Siehst du, wie er dich tröstet? Hör auf mich, gib ihm deine Adresse. Er wird dich besuchen und dir unter vier Augen erklären, was dich in der anderen Welt erwartet.«

»Ich spreche nie von der anderen Welt«, erwiderte Astaschew heiter, »mir genügt diese. Wir leben nicht in der Wüste, sondern in der Hauptstadt der Welt.«

Der Flieger nahm eine Visitenkarte aus seiner großen lackledernen Brieftasche, wobei er darauf achtete, daß keine Photographien herausfielen, und reichte sie Astaschew.

»Kommen Sie irgendwann vorbei«, sagte der Flieger mit gleichgültiger Miene. »Ich wohne ziemlich weit weg, in einem Vorort. Sie kommen mit dem Zug dorthin.«

Alexej Petrowitsch dankte beiden Männern und verabschiedete sich mit einer tiefen Verbeugung.

Ihm war so wohl zumute, er fühlte sich so leicht und frisch, so jung und zuversichtlich! Nachdem er an der Bar einen Chartreuse getrunken und acht Kollegen von der Versicherungsgesellschaft eine Runde spendiert hatte, fühlte er sich heiterer und zufriedener denn je. Er aß ein köstliches, stark gewürztes Gericht zu Mittag, und gegen zwei Uhr sagte er sich, daß es für heute genug sei, daß er sich eine kleine Zerstreuung gönnen könnte. Er wollte sich ausruhen und Kräfte sammeln, bevor er am nächsten Morgen zu dem Flieger in den Vorort fuhr. Er schob nie etwas auf die lange Bank und ging bei seiner Arbeit immer zügig vor.

Drei Stunden später war er bei Xenia Andrejewna. Die drei Stunden hatte er in einem gewissen Etablissement verbracht, wo er sich auf das Zusehen beschränkte, statt sich an den Vorgängen selbst zu beteiligen – für den heutigen Tag genügte ihm das! Er gehörte zu den Stammgästen dieses teuren Etablissements, das nur tagsüber geöffnet war. Als er dort eintraf, fragte ihn der Portier, ob er links oder rechts eintreten wolle. Links waren die Frauen, rechts ein paar Sessel und eine Leinwand. Er ging einmal nach hier und einmal nach dort. An diesem Tag war die Leinwand an der Reihe.

Xenia Andrejewna war um diese Zeit gewöhnlich nicht zu Hause. Das Dienstmädchen öffnete ihm, er betrat den Salon, zog die Schuhe aus, legte die Beine auf dem Diwan hoch, nahm die Zeitung in die Hand und verlangte Tee mit Zitrone. Es war die Zeitung vom Vortag. Er las sie, weil er nichts Besseres zu tun hatte, und es war eigenartig, vielleicht lag es an der Verdauung, vielleicht daran, daß er so lange Zeit in dem stickigen, stillen Dunkel verbracht hatte – heute interessierte ihn gar nichts mehr, und er fühlte, wie ihn der Schlummer überwältigte.

Die Zeitung las er jeden Tag und immer mit der gleichen Einstellung: Mal sehen, was sie sich wieder ausgedacht haben, worüber sie sich aufregen, in welche Fallen sie gegangen sind. Jede Rußland betreffende Nachricht war seinem Spott ausgesetzt: Wie denn das, meine Herren, es gibt Sie immer noch? Wenn er jedoch Gelegenheit hatte, die Photographien zu betrachten, auf denen ein Mann mit wunderbaren Militärstiefeln Tausende von Männern mit den gleichen Stiefeln grüßte, zitterte er innerlich vor heimlichem Glück. In seiner Vorstellung war *das* die Macht, und nur das: eine einzigartige, höchste, allwissende Autorität.

Dann träumte er mit offenen Augen, und seine Träume waren – wie bei vielen Menschen, die nicht richtig träumen können – weit entfernt von der Realität, in der er lebte, abstrakt und absurd. Er träumte von der Ordnung, von dem Mann, dem es gelänge, ganz Europa in seine Gewalt zu bringen und damit die ganze Welt. Und dann würde auch er, Astaschew, sich so ein Paar wunderbare glänzende Stiefel anschaffen, als Zeichen der Unterwerfung unter eine höhere Disziplin. Er hätte das Gefühl, daß er gebraucht würde in jener Welt, mehr denn je, mehr noch als jetzt, wo alle gleich waren, Gesunde und Kranke, Begabte und Gescheiterte. An jenem Tag aber würden nur noch Menschen gebraucht werden wie Astaschew, Astaschew, Astaschew...

Er hatte die Schlagzeilen überflogen. »Tiefbauingenieur erwürgt in einem Anfall von Wahnsinn Frau und zwei Kinder«; »Hundeschau eröffnet«; »Erdbeben in Formosa«; »Strompreise werden erhöht«; »Regierungskrise in Belgien«; »Mademoiselle X. verübt Selbstmord: Nachbarn durch starken Gasgeruch alarmiert. Als sie die Tür aufbrachen... In einem Brief bittet sie um Verzeihung für die verursachten Unannehmlichkeiten und fügt hinzu, sie sei wegen einer unerwiderten Liebe aus dem Leben geschieden.«

Als er wach wurde, lag das Zimmer in vollständigem Dunkel. Xenia Andrejewna war noch nicht nach Hause zurückgekehrt. Er zog sich die Schuhe an und schrieb auf ein Stück Papier: »Maman, haben Sie vielleicht Lust auszugehen? Ziehen Sie Ihr Kleid mit dem schönsten Dekolleté an, ich hole Sie um acht Uhr ab.« Und da er absolut nicht wußte, was er tun sollte, begab er sich zu Klawdia Iwanowna, die er seit vielen Tagen nicht besucht hatte.

Klawdia Iwanowna lag im Bett. Sie hatte Zahnschmerzen und Fieber, das Zimmer war unaufgeräumt, und es war nichts da, nichts Gutes, was er zum Tee hätte essen können.

»Glauben Sie mir, Mamenka«, sagte er und setzte sich zu ihr ans Bett, »es tut mir schrecklich leid, Sie krank zu sehen. Ich meine es ehrlich! Wir hätten einen Augenblick plaudern können, in aller Seelenruhe.« Er fühlte, daß seine gute Laune schwand, daß sie tatsächlich schon vor seinem Schläfchen auf dem Diwan geschwunden war.

»Seit fünf Tagen hast du mich nicht besucht«, sagte sie und hielt sich die geschwollene Wange. »Geht es dir gut? Mit wem warst du zusammen? Hast du gut gegessen?«

Er machte ein kummervolles Gesicht und antwortete nicht gleich.

»Fünf Tage, tatsächlich? Mamenka, ich merke nicht einmal mehr, wie die Zeit vergeht. Es ist wirklich traurig, die Jugend läuft einem davon. Schlimmer, sie ist schon vorbei! Warum bin ich plötzlich nur so schwermütig? Ich war fröhlich. Das liegt an Ihnen, wenn Sie krank sind, ist mir bang ums Herz. Möchten Sie denn nicht aufstehen, Mamenka? Vielleicht ein wenig Tee trinken ...«

Sie schüttelte den Kopf.

»Nein, Aljoscha, das liegt daran, daß du immer allein bist, immer allein.«

Er öffnete die beiden untersten Knöpfe seiner Weste, stützte die Ellbogen auf die Knie und das Gesicht auf die Hände.

»Vielleicht sollte ich mich verheiraten?« meinte er mit einem ironischen Lächeln, doch in seiner Stimme schwang ein ernster Unterton mit, so daß Klawdia Iwanowna unter der Bettdecke erschauerte. »Mit dem erstbesten jungen Mädchen, das schüchtern ist und über beide Ohren verliebt? Dann würde es heißen: ›Eine Russin, ein armes Mädchen ...‹ Ja, das stimmt schon, aber wie liebenswert ist sie, die Tugend in Person! Seit zwei Jahren läuft sie in demselben Kleid herum. Sie ist Angestellte.«

»Aljoschenka«, seufzte Klawdia Iwanowna – leise, denn sie hatte Angst, ihn zu verstimmen.

»Wir könnten uns ein Liebesnest einrichten. Jetzt kann ich es mir Gott sei Dank ja leisten – wann sonst, wenn nicht jetzt? Wir werden Kinder haben, Mamenka, lachen Sie ruhig, mit roten Haaren, denn wir sind beide blond.«

Er hob den Kopf, faßte die Lampe an, die auf dem Nachttisch stand, und wiegte sich auf seinem Stuhl hin und her.

»Das alles ist mir ganz plötzlich in den Sinn gekommen, eitle Träume! Für Sie noch mehr als für mich. Wir könnten alle unter einem Dach wohnen, ich würde auf meine Junggesellenstreiche verzichten. Ja, welcher Mann träumte nicht eines Tages davon, und sei es auch nur eine Sekunde! Wir hätten ein älteres, ruhiges Dienstmädchen, die alles für uns machen würde, und wir würden keinen einzigen Finger mehr rühren, nicht wahr?«

Klawdia Iwanowna richtete sich auf und stützte sich auf den mageren Ellbogen; eine Träne fiel auf ihr Kopfkissen.

»Bist du verliebt, Aljoscha?«

Er betrachtete sie, und plötzlich glitt ein harter, kalter Schatten über seine hellen Augen.

»Mamenka, Sie können anscheinend nicht ohne Ihre Phantasien leben!« sagte er und erhob sich. »Bin ich denn ein Gymnasiast? Wenn ich schon heirate, dann muß es wenigstens eine Mitgift geben, die uns ein angenehmes Leben ermöglicht, Ihnen und uns.«

Er ärgerte sich vor allem über seine eigene Anspielung auf ein Leben zu dritt. Wenn es wirklich so geschähe, würde er für immer auf seine Besuche bei Xenia Andrejewna verzichten müssen, und das kam natürlich nicht in Frage.

Er ging schnell davon, mit bedrücktem Herzen, und er

erinnerte sich an die Nachricht, die er für Xenia Andrejewna hinterlassen hatte. Er überlegte, wohin er sie ausführen könnte. Im Salon, dessen Wände mit seidenen Tüchern und verblichenen Stoffen ausgeschlagen waren, traf er auf Wjasminitinow und Jewgraf Jewgrafowitsch, die Pikett spielten. Mamenka war noch nicht zurück. Er ging im Zimmer auf und ab, aß eine Birne und ging grußlos wieder davon, nachdem er die Aktentasche und den Regenschirm unübersehbar im Flur zurückgelassen hatte.

Maman Klawdia Iwanowna. Maman Xenia Andrejewna. Ein zu einem guten Ende geführtes Geschäft, ein schmackhaftes Mittagessen, die Leinwand in dem bewußten Etablissement, das in der Bank deponierte Geld, zwei oder drei Überlegungen über das Schicksal Europas und der freie Zugang zu jedem Nachtlokal, wo ihn der Portier am Eingang mit einer tiefen Verbeugung begrüßte: das war sein Leben, und mit Recht durfte er sagen: »Gott sei Dank, daß es mich gibt!« Und wenn er sich auch manchmal niedergeschlagen fühlte, so kam das nicht öfter als einmal in fünf Jahren vor. Wahrlich, der perfekte Mechanismus der Männer mit den wunderbaren, harten, glatten Stiefeln versagte nie! Und er, Astaschew, lebte offensichtlich in einer Übergangsperiode – was konnte er daran ändern? Besser tröstete man sich mit dem Gedanken, daß alles relativ war und daß das in einer Übergangsperiode lebende Individuum zur Avantgarde gehörte, verglichen mit einer Mademoiselle X., die an unerwiderter Liebe starb, oder mit dem Bildhauer Engel, der nur Karotten aß. Und weil man sich in Momenten irrationaler Angst nicht zu den Völkern der Zukunft emporschwingen konnte – »Die slawische Seele ist degeneriert, sie besitzt nicht die notwendige Energie, die im Zeitalter der Eroberung des Weltraums erforderlich ist!« –, weil es noch keine Vereinigung für Menschen wie seinesgleichen gab – sie waren noch nicht erfunden worden –, für die Mutanten, die im Gleichschritt marschieren und im Chor singen wollten – »Wir sind zahlreich, viel zahlreicher, als ihr glaubt!« –, konnte man sich ebensogut den Männern der Vergangenheit zuwenden, die ihn augenblicklich zwar beunruhigten und irritierten, jedoch unentbehrlich waren.

Es war ein kalter, feuchter Abend, die Steine und die Lichter der Stadt lagen reglos im schwarzen Halbschatten der Straßen. Oh, diese Boulevards, die sich bis an den Stadtrand erstreckten, auf denen er jetzt endlich wie ein König wandelte, während er noch vor einiger Zeit gemeint hatte, in Lumpen elendiglich und erniedrigt zugrunde zu gehen! »Ist es nicht unglaublich, meine Herren, ist es nicht unglaublich!« murmelte er vor sich hin, während er mit elastischen Schritten voranging und schon von weitem Engels düsteres Haus sah.

»Sie sind ein Bohemien«, würde Astaschew ihm sagen, »und auch ich bin einer, wenn es nötig ist. Daher glaube ich, daß ich noch zu dieser späten Stunde zu Ihnen kommen kann, oder irre ich mich?«

»Vielen Dank, daß Sie gekommen sind, vielen Dank«, sagte Engel fröhlich, als der den Besucher erkannte, und drückte ihm lange die Hand. »Guten Abend. Wollen Sie ein wenig bleiben? Sie sehen müde aus. Sind Sie zu Fuß gekommen?«

Sie betraten das Atelier.

»Ich bin sehr glücklich, Sie wiederzusehen, lieber Freund«, sagte Engel, »obwohl ich Sie jetzt nicht mehr brauche, absolut nicht mehr.«

Astaschew fragte hastig: »Haben Sie sich woanders versichert?«

»Woanders, ja, aber nicht versichert. Besänftigt. Nehmen Sie doch Platz, ruhen Sie sich aus.«

Auf dem Diwan lag ein großer schwarzhaariger Mann mit einer staubigen, abgetragenen Jacke und einer graugestreiften Hose. Er schlief nicht, schien jedoch soeben aufgewacht zu sein.

»Das ist Kharin, der Maler. Er ist heute aus Florenz zurückgekommen«, sagte Engel. »Mischenka, ich bitte dich, schlafe weiter, wir werden dich nicht stören.«

Der Maler Kharin wälzte sich einen Augenblick hin und her, fand eine bequeme Lage und schlummerte ein.

Sie hatten sich auf zwei Hocker in der Nähe des Fensters gesetzt, in dem sie sich beide spiegelten, und Astaschew faltete seine plumpen Hände auf den Knien, weil er nicht wußte, wohin mit ihnen.

»Es ist schrittweise geschehen«, sagte Engel. »Vielleicht ist es noch nichts Endgültiges, aber dank einer Ihrer Anspielungen geht es mir besser. Glauben Sie nur nicht, ich wäre bigott geworden, hätte gebeichtet oder kommuniziert oder Ikonen an die Wände gehängt. Nein. Aber ich weiß jetzt, daß Gott notwendig ist, daß das Gebet notwendig ist. Ohne das geht es nicht.«

»Meinen Glückwunsch«, sagte Astaschew. »Ich habe eine alte Mutter, der muß ich von Ihnen erzählen.«

Engel verknotete die Zipfel seines Kittels, bückte sich, tastete seine Taschen ab auf der Suche nach Zigaretten.

»Ich bin Ihnen so dankbar, daß Sie zu mir gekommen sind! Wenn Sie wüßten, was ich schon damals nach Ihrem ersten Besuch empfunden habe! Ich lebte wie jedermann, und auf einmal waren Sie da – wie die Trompete des Erzengels! Jetzt weiß ich, daß man den Tod nicht erklären kann, ebensowenig wie die Leidenschaft – man muß ihn fühlen. Manche leben bis ins hohe Alter, ohne ihn je kennenzulernen, andere dagegen werden mit ihm geboren. Mir ist es mit achtunddreißig Jahren widerfahren. Sie werden fragen: Aber was ist denn geschehen? Ich kann keine Antwort darauf geben, die Worte sind so abgedroschen: ›Bewußtsein des Unausweichlichen‹, ›Gewißheit des eigenen Endes‹ und die daraus folgenden Konsequenzen. Verzeihen Sie mir, wenn ich noch einen Vergleich anführe: ›Und sie flüsterte, ewig bin ich dein‹, heißt es in einem Lied, und wir schenken diesen Worten keine Beachtung mehr. Doch wenn man es recht bedenkt...«

»Und sie, voller Leidenschaft, flüsterte...«, verbesserte ihn Astaschew. »Ich habe es auf einer Schallplatte gehört.«

»Mir scheint, hier liegt der Kern aller menschlichen Weisheit, in der Todesahnung, im Gedanken an das Ende, denn man kann alles verstehen, nur das nicht, man kann alles akzeptieren, nur das nicht. Wegen solcher Gedanken hätte ich mich eines schönen Tages beinahe aus dem Fenster gestürzt. Aber ich war auf dem richtigen Weg. Als Sie das letzte Mal hier waren, wußte ich bereits, daß man ohne Gott nicht leben kann, aber ich war noch nicht fähig, es auszudrücken. Jetzt bin ich glücklich.«

»Ich gratuliere Ihnen von ganzem Herzen. Man sieht, daß inzwischen auch Ihre Gesundheit wiederhergestellt ist. Sie haben mehr Farbe im Gesicht.«

Engel lächelte, wegen seiner riesigen Zähne schien sein Kopf beinahe das Gleichgewicht zu verlieren.

»Eine winzige Hoffnung, die vielleicht nicht schwerer wiegt als ein Haar: Nicht zu enden, ohne vorher etwas wiedergutzumachen, für etwas zu haften, jemanden zu sehen, jemandem zu begegnen.. einem geliebten Menschen, bei dessen Erinnerung man sich der Tränen nicht erwehren kann; doch am wichtigsten ist es, zu leben, zu leben, weiterzumachen, irgendwie. Jetzt weiß ich, was es ist. Dieses kleine Haar wiegt für mich schwerer als das Universum, und die Zweifel kommen mir sogar wie ein Segen vor, wenn ich an mein bisheriges Leben denke.«

»Ein paar Zweifel haben Sie also noch.«

Engel ballte seine knochigen Hände zu Fäusten und hob sie an die Brust.

»O ja, aber andere als bisher.«

Astaschew scharrte mit den Füßen unter dem Hocker.

»Ich glaube, ich werde gehen«, sagte er, »ich bin vorbeigekommen, weil ich Licht bei Ihnen sah, aber ich habe nicht erwartet, eine feurige Seele anzutreffen.«

»Ja«, rief Engel freudig aus, »gehen Sie jetzt. Ich brauche Sie nicht mehr.«

Astaschew stand auf. So, wie er war, im Mantel, die Melone in der Hand, schritt er langsam durch das Atelier und sah sich suchend um, als hätte er keine Lust hinauszugehen. Auf dem Tisch stand ein dunkelgrüner glasierter Tonteller.

»Ein hübscher Gegenstand«, sagte Alexej Petrowitsch nachdenklich.

»Möchten Sie ihn haben?« Engel drückte den Teller an seine schmächtige Brust. »Ich hatte sowieso die Absicht, Ihnen etwas zur Erinnerung zu schenken. Als Warnung. Nehmen Sie ihn. Er ist nicht viel wert, aber er ist hübsch, man kann etwas darauf legen.«

Astaschew lehnte nicht ab. Er verabschiedete sich von Engel, verbeugte sich stumm vor dem Rücken des Malers Kharin und ging mit dem Teller unter dem Arm davon.

In der Straße atmete er auf. Den ganzen Abend hatte es ihm an Luft gemangelt. Erst jetzt wußte er warum: Schon am Nachmittag, im Dunkel des Vorführraums, hatte ihn ein Gefühl der Beklemmung und der Schwere beschlichen, und seitdem hatte er den Mangel an Luft, die Beklommenheit mit sich herumgetragen. Er mußte seinem Leben eine Wendung geben, zehn Jahre lang hatte er es in vollen Zügen genossen, doch jetzt war es soweit: hin und wieder Pikett mit Wjasminitinow, oder angeln gehen, oder ein glückliches Familienleben, oder etwas anderes, um die freie Zeit auszufüllen. Ich habe eine harmonische Entwicklung durchgemacht, dachte er bei sich, und mit vierzig ist es ganz natürlich, daß man so denkt. Ich kann nicht ewig wie ein Arbeitstier leben. Gelegentlich eine Frau, Witze unter Kollegen, Maman, die vor ihren Kavalieren die große Dame spielt – genug damit!

Ich fühle einen undefinierbaren Wunsch in mir aufsteigen, seit zwei Tagen schon, einen Druck im Magen, seit der Nacht mit Genetschka! Hat das Geld nicht gewollt! So ein nettes Mädchen! War so verschreckt!

Er ging, ging immer weiter, den unverpackten grünen Teller unter dem Arm, wie ein Angestellter, der seinem Chef die Unterlagen zum Unterschreiben bringt. Das Gehen tat ihm gut. Der Arzt hatte ihm geraten, möglichst viel zu gehen, damit er keinen Bauch bekam. Dieser nächtliche Spaziergang stellte sein Gleichgewicht von selbst wieder her, doch Astaschew hatte noch immer keine Lust, nach Hause zu gehen. Zum dritten Mal begab er sich zu Xenia Andrejewna. Es war zu spät, um auszugehen, aber er konnte bis Mitternacht bei ihr bleiben und auf den Schlaf warten.

Er klingelte zweimal. Von weitem waren Schritte zu hören, ihre schweren, aber geschwinden Schritte; sogar ihre Pantoffeln hatten Absätze. Sie öffnete die Tür einen Spalt breit.

»Du bist es? Ist etwas nicht in Ordnung?«

Er antwortete: »Ich habe keine Lust zu schlafen. Lassen Sie mich hinein. Ich habe meinen Regenschirm dagelassen. Hier ist ein Geschenk für Sie, ein Teller. Man kann etwas darauf legen.«

Sie trug einen seidenen Pyjama mit großen Blumen in leuchtenden, schillernden Farben, und sie führte ihn durch die dunkle Wohnung bis zu ihrem Schlafzimmer, wo sie sich auf das Bett setzte und sich eine Zigarette anzündete.

»Ich wollte mich gerade hinlegen. Ich bin eben erst

nach Hause gekommen. Stell dir vor: Das junge Mädchen hatte einen Freund – und ich war so dumm und hielt sie für eine Jungfrau! –, und gestern hat sie sich erschossen . . . «

Er stand aufgerichtet vor ihr, blickte ihr ins Gesicht und tat, als verstünde er nicht; er wunderte sich indessen, daß er sofort verstanden hatte. Warum hatte er verstanden? Es war ein Rätsel. Wie konnte er erraten, daß Xenia Andrejewna von *ihr* sprach?

» . . . nein, sie hat sich mit Gas vergiftet. Der Kinobesitzer hat gesagt, am Abend vorher sei sie von einem Mann abgeholt worden. Sie schlief mit ihm, soviel ist klar. Vielleicht hatte er ihr ein Kind gemacht? Vielleicht war er ihrer überdrüssig geworden? Ach, was seid ihr doch für Lumpen! «

Er fragte eilig: » Welcher Mann? Wird er gesucht? «

» Man weiß nichts über ihn. Warum sollte man ihn suchen? «

» Hat sie einen Brief hinterlassen? «

Er verstand nicht, wie ihm geschah, er fühlte sich von einem Alptraum befreit, der zwei Tage auf ihm gelastet hatte: Überlegungen und Gewissensbisse, Träume und Traurigkeit. Er fühlte sich von neuem völlig frei, völlig ruhig, leichtfüßig und stark im Herzen.

» Setz dich hierher. Entschuldige, ich bin ungekämmt und habe die Prothese schon herausgenommen, aber du bist für mich kein Mann . . . Weißt du, ihre Tante war so hilflos, daß sie mich holen ließ . . . Wie ist es möglich, daß es keinen näherstehenden Menschen gab? Die Mutter hat sich den ganzen Tag nicht blicken lassen. «

»So ein Miststück«, sagte Astaschew ruhig.

»Gott sei Dank habe ich Juli Fjodorowitsch auf der Straße getroffen und ihn mitgenommen. Er hat sich um alles gekümmert. Die Tante wollte Strafanzeige stellen, aber was soll eine Strafanzeige, man hat sie mit dem Schlauch im Mund in der Küche gefunden, dem Gasschlauch! Meine Hände sind noch immer eiskalt.«

»Beruhigen Sie sich«, sagte er mit fester, tiefer Stimme. »Diese Person hat uns irregeführt. Wenn sie wirklich so sensibel war, warum hatte sie dann geschminkte Lippen und lackierte Nägel und diese kleinen Knöpfe an ihrem Kleid? Da stimmt etwas nicht, das ergibt keinen Sinn.«

»Wahrscheinlich hat ihr Geliebter sie verlassen.«

»Maman, was sagen Sie da? Sind Sie nie von einem Geliebten verlassen worden? Wenn sich alle Frauen vergiften würden, weil sie verlassen wurden, wäre die menschliche Rasse längst ausgestorben! Man muß zu leben wissen, man muß es verstehen, die Schwierigkeiten mit Mut und Eleganz zu überwinden.«

»Alles Lumpen«, wiederholte sie mit gespielter Härte.

Er küßte ihr beide Hände, die ohne Ringe auf einmal so alt aussahen, daß er sie kaum wiedererkannte. Dann ging er ins Badezimmer, und da alle weiblichen Accessoires seit seiner Kindheit eine sonderbare Faszination auf ihn ausübten, parfümierte er sich, rieb sich mit Brillantine ein, fuhr sich mit der Bürste durch das Haar und mit der Puderquaste über das Kinn, roch an einer Creme und spielte ein bißchen mit den Scheren.

»Ich kenne die Menschen«, sagte er dann, während er

sich die Nägel reinigte. »Oh, und ob ich sie kenne, Maman! Jeder trägt immer die Verantwortung für das, was ihm geschieht, jeder hat sein Schicksal verdient! Ein Tolstoi oder ein Dostojewski hätten viel zu sagen, aber heutzutage gibt es Menschen wie sie nicht mehr, es gibt nur *Schwarze* und *Weiße, Bittere* und *Süße,** für die es sich nicht lohnt, sich die Hände schmutzig zu machen!«

Sie betrachtete ihn, mit beiden Armen auf das Kopfende des Bettes gestützt, und ließ ihre nackten, bläulichen Füße baumeln.

»In meinen Augen ist der Selbstmord eine unverzeihliche Geste.« Astaschew steckte die Daumen in den Ausschnitt seiner Weste und wölbte die Brust vor. »Kein Wunder, daß er in einigen Ländern streng verboten ist! Zerstören, was geschaffen wurde! Ist Ihnen aufgefallen, Mamenka, daß es immer aus Feigheit geschieht? ›Ach, ich kann meine Spielschulden nicht mehr bezahlen!‹ – ›Ach, er hat mich weder um meine Hand noch um mein Herz gebeten, er hat nur meine weibliche Schwäche ausgenutzt!‹«

Er verstummte, betrachtete sich im Spiegel. Sie wartete, daß er noch etwas sagte; ihr Gesicht, für die Nacht mit einer Creme eingerieben, war leichenblaß, ihre Brüste hingen schlaff herunter, ihr Haar war in letzter Zeit stumpf geworden, und ihre Augen, trotz der Tränensäcke noch immer lebhaft und leuchtend, blickten starr.

Plötzlich faltete sie die Hände, ließ die Knöchel knacken

* Wortspiel mit den Namen russischer Schriftsteller: Bely bedeutet »weiß«, Gorki »bitter«.

und sagte mit tonloser Stimme: »Aljoscha, wie ich dich liebe! Wie intelligent du bist, wie tiefgründig und elegant! Wer weiß, wie viele Frauen sich dir an den Hals werfen! Bravo!«

Er empfand eine kurze Anwandlung von Stolz; als es vorbei war, stürzte er zu ihr und richtete ihr das Kopfkissen.

»Legen Sie sich schlafen, Sie sind müde. Und machen Sie sich keine Sorgen wegen der Frauen: Ich lasse es nicht zu, daß sie sich mir an den Hals werfen. Gute Nacht.«

Träge warf sie sich einen Schal um die Schulter, gähnte mit ihrem zahnlosen Mund und brachte ihn an die Tür.

Und er ging davon. Regenschirm und Aktentasche. Die weichen Arme baumeln auf der einen und der anderen Seite, vor und zurück. Die wendigen Füße treten fest auf die Pflastersteine. Er geht durch die finsteren Straßen, durch die nächtliche Dunkelheit der Stadt auf den tiefen Schlaf der Astaschews zu, um am nächsten Morgen frisch und ausgeruht, mit gebürsteter Melone den Flieger in seinem Vorort aufzusuchen, bei Sonne und bei Wind, weiter, immer weiter, mit seinem festen, elastischen Schritt, er, der Bürger, Steuerzahler, Verbraucher – aber nicht Soldat! –, läßt die Menschen hinter sich, läßt die Grenzen hinter sich, mit einem armseligen Paß in der einen und dem Füllfederhalter in der anderen Tasche geht er durch den Nebel, durch die Hitze, durch den grauen Nieselregen, eins–zwei! eins–zwei! links! links! Gleitet wie ein Schatten über alles, was ihm begegnet, verschenkt Zigaretten, macht kleine Anspielungen, weckt Erinnerungen, verbeugt sich tief, hinterläßt seine Spuren, weiter, immer weiter, bis ins Unendliche, jetzt schon ein wenig schlapp, ein wenig kahl an den Schläfen, mit einem Goldzahn in seinem breiten Lächeln, ein wenig atemlos, und seine bleichen, feisten Kinderwangen beben auf den Treppen, in den Gassen, in den Straßen, wo ein Auto flitzt, auf den Gleisen, wo der Zug fährt, weiter, immer weiter, läßt die Friedhöfe hinter sich, die Frauen, die Denkmäler, die Sonnenuntergänge.

Nina Berberova

„Mit der Meisterschaft der großen russischen Realisten des neunzehnten Jahrhunderts offenbart Nina Berberova in einem Zug öffentliches und privates Dasein ihrer Protagonisten, ohne daß diese durch solche Transparenz an Rätselhaftigkeit verlören.“

Frankfurter Rundschau

Die Begleiterin
Aus dem Französischen von Anna Kamp
Roman, 104 Seiten, gebunden

Der Lakai und die Hure
Aus dem Französischen von Anna Kamp
Roman, 96 Seiten, gebunden

Tschaikowsky
Aus dem Französischen von Anna Kamp
Biographie, 280 Seiten, gebunden

Astaschew in Paris
Aus dem Französischen von Anna Kamp
Roman, 96 Seiten, gebunden

Ich komme aus St. Petersburg
Aus dem Russischen von Christine Süß
Autobiographie, 600 Seiten, gebunden

Die Affäre Krawtschenko
Aus dem Französischen von Bettina Klingler
320 Seiten, gebunden

Baronin Budberg
Abenteurerin, Doppelagentin, Femme fatale
Aus dem Russischen von Christine Süß
Biographie, 420 Seiten, gebunden